Un cerf-volant

Du même auteur

L'écharpe bleue (2015)

Un bon père (2016)

Le petit vélo rose (2018)

Tu mettras ta robe bleue (2019)

Le mystère de Judith (2020)

Dans la peau de Dave Livingstone (2022)

Michel FERNANDEZ

Roman

Un cerf-volant

ISBN : 9782959537202

Précisions pour le lecteur :

Je tiens à préciser que ce livre est un roman où se côtoient réalité et fiction. On me pardonnera les libertés que j'ai prises par rapport à la vérité. Certains des personnages sont imaginaires, d'autres ont existé, mais ils restent dans ce récit des héros fictifs.

Michel Fernandez.

À Silvia, ma mère, toujours.
À mes amies, Cathie, Hélène, Mireille.
À mon ami, Guy.
À mon ami Lamine.

A felicidade é como uma pluma
Que o vento vai levando pelo ar
Voa tao leve mas tem a vida breve
Precisa que haja vento sem parar

Le bonheur est comme une plume
Que le vent emporte dans l'air
Elle vole si légère, mais sa vie est brève
Il faut qu'il y ait du vent sans fin

Chanson A Felicidade
Antonio Carlos Jobim

Le cerf-volant

Ils courent à perdre haleine. Il a soixante-huit ans, elle en a neuf. Les galets et le sable craquent sous leurs chaussures. C'est une fin d'après-midi tout au début de ce mois de septembre si tendre qu'il préserve encore les saveurs de l'été. Mais les jours ont perdu leur éternité et le soleil a commencé sa longue descente au bout de l'océan. *Le foehn souffle juste ce qu'il faut aujourd'hui*, dit Grand-Père et il respire profondément les effluves marins, ce mélange de sel, d'algues, de poissons décomposés. Il ne sent ni ses articulations ni les hésitations de sa mémoire. Son corps savoure le temps qui défile à la vitesse de ses propres pas, de l'espace qui s'étire, des belles années qui se profilent encore devant lui.

Mais la retraite l'avait rattrapé. Prudent, Carlos avait sagement économisé et fait de bons placements. Parfois, on lui demande encore de confectionner une robe ou un costume. Alors il reprend du service, *au black*, dans son atelier proche de la maison. Ainsi il ne perd pas la main, des mains habiles et si précieuses qui avec le tissu ont réalisé tant de prodiges... Maintenant, il habille presque toute la famille, malgré la multitude de ces magasins tape-à-l'œil qui bradent les uniformes flamboyants de la mode. Ce qui lui plaît le plus, c'est ce qu'il réalise pour sa petite fille et aussi le lent processus qu'il a élaboré pour lui apprendre le métier. Elle est vive, comprend vite. Il l'aide à confectionner de petites robes pour ses poupées. Carlos est devenu un spécialiste du vêtement pour enfant. Et pas n'importe quel vêtement ! Les plus beaux cadeaux de ses vieux jours ? Ce sont les yeux curieux et émerveillés de la fillette, la naïveté de ses questions, son visage quand, penchée sur l'établi, lèvres serrées, elle s'applique ; sa joie et sa fierté quand elle réussit son ouvrage, son intérêt lorsqu'il lui raconte *Cendrillon*, quand il décrit les parures de ses méchantes sœurs. Celle de l'aînée, *son habit de velours rouge et sa garniture d'Angleterre*, celle de la cadette, *son manteau à fleurs d'or et sa rivière de diamants*, mais surtout Cendrillon qui *avec ses méchants habits était cent fois plus belle que ses sœurs*, que sa marraine, la fée, transforme d'un coup de baguette en *habits de drap d'or et d'argent tout chamarrés de pierreries* ainsi que ses vieux souliers en *pantoufles de verre, les plus jolies du monde.*

Il ne regrette rien des belles années de sa jeunesse puis de sa maturité, ni les défilés, ni les femmes qu'il a caressées, drapées de popeline ou de lin en été, de flanelle ou de molleton en hiver. Bien sûr, la nostalgie du passé perce parfois sa carapace. Elle lui rappelle l'orgueil de son éphémère célébrité, les articles dans les journaux, les photographies auprès de personnalités de la mode, les interviews lorsqu'il donnait sentencieusement des leçons aux jeunes espoirs de la couture. Il en est un peu honteux maintenant. Quelle importance ? Tout cela est loin. En vieillissant, il est devenu insensible à la vanité. Le temps a réalisé son inexorable et sa lente besogne de polissage, a usé les aspérités, effacé les erreurs.

Carlina, sa petite main enlacée dans les doigts géants, met toutes ses forces pour suivre le rythme de Grand-Père. Ce sont deux enfants qui jouent dans l'insouciance de leur course. Sous la protection de cet athlète, elle ne sait pas encore ce qu'est la vieillesse, sinon les cheveux blancs ébouriffés. Elle ne comprend pas ce qu'il lui raconte. Pourtant, il lui a expliqué qu'il partira un jour, très loin, au-delà des étoiles, si loin que même les rêves n'iront plus jusqu'à lui. Elle ne veut pas le croire. Rien ni personne ne pourra emporter ce bel homme. Elle connaît son rire qui s'embrase, sa voix grave et tendre, ses longs bras capables de soulever la terre. Elle aime ses yeux transparents, la caresse de sa peau rugueuse, la tendresse du baiser sur sa joue.

Papy tient fermement la grosse corde enroulée autour de sa main. Le papier, prêt à se déchirer, gronde, craque, les lames de roseau geignent, les longues queues colorées de tissus effrangés frottent, serpentent sur le sol, glissent sur les galets, soulèvent le sable. L'équipage se bat contre le vent, ondule et monte lentement, aspiré puis entraîné à une vitesse vertigineuse au-dessus de la fillette. L'homme, arc-bouté sur le sable, a dû lâcher la petite main pour résister à la traction du cerf-volant. Il tient fermement la corde, arc tendu vers le ciel. Une conquête inutile qui jette la joie et la fierté dans son regard. La fillette est fascinée par cette masse de roseaux, de ficelles, de papiers, de chiffons, tout à l'heure inerte, qui maintenant se lève, file à toute allure pour plonger tout à coup. Elle imagine un cheval sauvage qui se débat dans un galop désordonné. Elle applaudit, rit à tue-tête, saute sur place.

— Papy, Papy, est-ce qu'il ira jusqu'au soleil ?

— Non, Carlina ! Regarde bien, je contrôle sa position, sa direction. Il pourrait monter encore plus haut, mais si je lâche la corde, il tournoiera, se brisera sur le sol.

— Oh non !

— Nous sommes liés lui et moi. Tu veux tenir la corde ?

— Oh oui, Papy !

Il se place derrière elle, l'enveloppe, serre légèrement ses petites mains. Elle s'appuie tout entière contre ce grand corps robuste. Lui, tout son être en est chamboulé.

Dans la maison familiale, malgré son apparente assurance, Carlos n'avait jamais été le maître chez lui. Chassé de la cuisine par Grand-Mère, il acceptait ses ordres, docile, emprunté, avenant. À l'atelier, c'était un autre homme. Au milieu des vêtements pendus aux cintres ou en cours de réalisation étalés sur l'établi, il échappait à la tyrannie affectueuse de sa femme et devenait le chef. Souvent, durant les vacances d'été, Carlina l'accompagnait dans son antre. Alors, quand il ouvrait sa caverne, l'aventure commençait dès l'entrée, dans la pénombre, elle respirait l'odeur des tissus. Aussitôt, les gestes, les paroles, les bruits s'étouffaient. Puis, volets et fenêtres ouvertes, l'atelier apparaissait dans l'éclat du jour. Alors elle inspectait toutes les étagères où étaient méticuleusement rangés de gros ciseaux noirs mais *qu'il-était-absolument-interdit-de-toucher-très-dangereux*, lui avait expliqué son grand-père. Des craies plates de tailleur, de lourds et énormes fers à repasser, d'autres plus petits attendaient patiemment sur un rayonnage ; des équerres en bois de toutes sortes pendaient à un crochet, des mètres à ruban jaune étaient accrochés sur un panneau ; des boîtes d'aiguilles, des bobines de fil à coudre se cachaient dans un tiroir ; de grandes feuilles de papier kraft pour réaliser les patrons de couture; un grand compas en métal, un tas d'autres outils inquiétaient parfois la fillette qui n'en connaissait ni les noms ni les fonctions, sans oublier une multitude de cintres suspendus dans une vaste penderie qui attendaient ou supportaient, pantalons vestes, vestons… et mêmes robes en cours de confection.

Ils étaient allés chercher des roseaux secs au fond de la prairie. *Les roseaux, il faut les planter loin de la maison, sinon ils t'envahissent et tu ne peux plus t'en débarrasser. C'est pourtant beau. Ils servent souvent pour fabriquer des cannes à pêche, des tuteurs de jardin, certains instruments de musique et surtout, pour les cerfs-volants*, avait-il expliqué avec sourire et malice.

Ils avaient préparé un espace sur la grande table de travail. Grand-Père ne parlait plus. Dans la longueur des roseaux, il fendit des baguettes qu'il assembla avec de la ficelle en construisant une grande forme, semblable à celle que la maîtresse avait fait dessiner en classe. *Un hexagone*, avait-elle dit, *hexa, un mot grec qui signifie six. Un hexagone est donc une figure qui a six côtés*. De la même forme, un peu plus grand, il découpa un morceau de papier kraft qu'il colla sur cet assemblage. Carlina ne saurait décrire toutes les opérations que les mains habiles exécutaient si facilement. Elle voyait se former le cerf-volant dans l'imagination de son Papy. Il lui avait demandé d'apporter son matériel de peinture, ses pinceaux et ses tubes de peinture.

— Maintenant, à toi de le décorer.

Le belvédère

Hier encore Ruben et Aïcha étaient cueilleurs d'oranges dans une exploitation fruitière près de Murcia. L'incertitude qui planait chaque jour sur le maintien de ce travail pour un salaire misérable les avait décidés à rejoindre la France, sans vraiment de but, peut-être vers Bordeaux où paraît-il, on embauchait dans les vignobles avec de meilleures conditions qu'en Espagne. On disait aussi qu'on y traitait bien les ouvriers, que la rémunération était intéressante, que l'origine et la couleur de peau n'avaient pas d'importance, que les lois de ce pays étaient respectées. Ruben avait proposé à Aïcha et à trois immigrés de faire le voyage dans sa vieille camionnette Renault, bien sûr en partageant les frais du voyage, carburant, péages d'autoroute. Avant le départ, Aïcha lui avait demandé de lui couper les cheveux, assez courts, juste un peu plus longs qu'un garçon, une coquetterie qui avait surpris Ruben. Il avait accepté avec plaisir. Tenir la tête de la jeune femme dans ses mains, il en rêvait souvent. Il se rendait compte qu'il s'attachait de plus en plus à elle. Pourtant, il perdait toute audace dès qu'il l'approchait. Elle l'intimidait avec ses belles phrases, elle parlait si bien l'espagnol, trop bien pour un paysan comme lui. Elle était sûrement allée longtemps à l'école, elle. Alors que lui, il savait à peine lire, écrire, compter. En s'appliquant, il avait taillé la belle chevelure noire, avec de mauvais ciseaux. Il aurait préféré qu'Aïcha continue avec eux jusqu'à Bordeaux, mais malgré ses arguments, il n'avait pas réussi à la convaincre. Elle s'arrêterait juste après la frontière. Ainsi elle pourrait plus facilement revenir en Espagne si ça ne marchait pas.

Ils étaient partis avant l'aube, avaient roulé huit heures en se relayant, presque sans s'arrêter durant près de 800 kilomètres : Alicante, Zaragoza, Pamplona... Après San-Sébastien, Ruben avait déposé Aïcha au bord de la route à Guéthary, un des tout premiers villages français après la frontière. Ils s'étaient embrassés...

— Adios, Aïcha. Buena suerte !

— Gracias, hombres. Tambien buena suerte para vosotros.

De la chance, oui, elle aimerait encore en avoir. Maintenant, son petit sac de sport à la main, elle ne pourra compter que sur elle-même, ne sachant pas où elle dormira ce soir. Mais ça ne l'inquiète pas, elle a souvent été dans cette situation. Pour l'instant, elle a faim, sa montre indique presque midi. Plus loin, elle aperçoit l'enseigne d'une boulangerie. En plus du sandwich tout simple, thon-tomate-salade, qu'elle a commandé, la serveuse lui offre un petit gâteau basque. Celle-ci a tout de suite remarqué les sandales usées, la robe à la couleur passée et, malgré cela, l'élégance de cette jeune femme noire. Son œil averti lui permet presque toujours de deviner quelque chose de l'originalité des clients qui viennent dans sa boutique. Quand c'est possible, elle prend le temps d'engager la conversation, de capter la singularité d'un inconnu. Pour excuser sa curiosité, elle se dit qu'après tout, ça fait partie de son travail. Il suffit souvent d'une brève attention pour fidéliser un client.

La chance pour Aïcha, ce pourrait être cette femme rondelette, souriante, pas vraiment belle, mais coquette et alerte derrière sa banque. Les arômes de viennoiserie, l'odeur du pain cuit lui mettent l'eau à la bouche. Aïcha aimerait tout acheter : un morceau de ce pain presque noir à la mie souple, bourrée de graines, une part de cette tarte aux pommes luisantes, deux ou trois de ces tuiles craquantes aux amandes...

— Le gâteau basque, je vous l'offre. Je le fais aussi en portions individuelles avec au fond de la confiture de cerises d'Itxassou. Vous m'en direz des nouvelles.

— Oh, merci ! Vous êtes si gentille. Mais pourquoi ?

— Vous êtes sympathique, alors j'espère que vous reviendrez.

— J'aimerais beaucoup rester dans la région. Je cherche du travail.

— Ah ! Vous savez, en cette saison… Au printemps ou en été, ce serait plus facile, mais en ce moment… Vous venez d'où ?

— Murcia, dans le sud de l'Espagne. Merci pour votre accueil. Il y a un endroit agréable et pas trop loin pour pique-niquer ?

— Alors là, je vous conseille le belvédère de Guéthary. Prenez la rue à droite en sortant. À cinq minutes en descendant, juste après le premier virage, vous verrez l'océan avec un panorama magnifique de Saint-Jean-de-Luz jusqu'à Biarritz.

Quand Aïcha arrive sur la terrasse, elle pose son sac au pied de la balustrade, s'accoude pour apercevoir en contrebas un minuscule port de pêche face au magnifique paysage dont lui a parlé la boulangère. Le gâteau est délicieux. Elle savoure par petits bouts sa croûte sablée au goût de beurre et d'amande avant d'arriver sur la pâte moelleuse farcie de cerises noires. Quel cadeau !

La brise souffle encore un air de vacances, en ce mois de septembre chaud, on se croirait en été. Elle est si bien sous ce petit soleil.

Elle voit qu'elle n'est pas seule sur la petite place du belvédère. Un homme, à une dizaine de mètres, semble absorbé par la contemplation de l'océan. En suivant la direction de son regard, elle devine au loin des bateaux de pêche, frêles esquifs dans l'immensité bleue qui rentrent sans doute avant la marée basse. Plus proche, une longue vague verte parfaitement horizontale s'affaisse progressivement sur la gauche. De minuscules points noirs dispersés sur la partie calme ondulent avant la naissance du rouleau suivant. Elle comprend qu'il s'agit de ces intrépides surfeurs passionnés du littoral. Sur la grève de rochers sombres, un pêcheur lance sa ligne dans la nappe aux reflets d'acier.

Aïcha ne peut s'empêcher d'observer à la dérobée cet homme dont l'attention se déplace lentement d'un bout à l'autre de l'horizon. Elle remarque son élégance discrète :

chemise blanche, pantalon en jean délavé, mocassins ajourés, silhouette mince, visage à peine poli par le soleil et les embruns, regard franc, chevelure brune soignée où brillent quelques fils blancs. Quel contraste avec tous ces hommes dont elle a croisé la route durant son interminable voyage depuis sa fuite de Conakry, quelle différence aussi avec les ouvriers qu'elle vient de quitter, vêtus de nippes, faces mal rasées, burinées par les efforts, la chaleur et la misère !

Pedro se croyait seul. Surpris par la présence de cette étrangère, il remarque dans les yeux sombres de l'inconnue une lassitude. Pourtant, elle lui sourit, gênée. C'est la première fois qu'il prête attention à une personne à la peau noire. Pourtant, dévisager est chez lui une sorte de réflexe. Tout à coup, il se rend compte de l'indifférence avec laquelle il a toujours croisé les étrangers, les noirs en particulier, sans même les voir, sans les différencier, comme s'ils étaient tous semblables, même face, même couleur de peau, invisibles pour lui jusqu'à aujourd'hui.

Alors Pedro prend soin d'observer minutieusement la jeune femme. Des cheveux très courts ébouriffés laissent tout le visage à nu, un visage à l'ellipse parfaite qui le fixe avec détermination. Sa peau très sombre et brillante contraste avec le rouge coquelicot de sa robe, un rouge passé qui a dû être lavé, relavé, loin des robes étincelantes des filles de Biarritz ou de Saint-Jean. Le résultat… Cette femme est tout simplement belle, délicieusement séduisante dans ce vêtement usé que la brise de mer colle à sa silhouette.

Elle s'avance vers lui, soutenant son regard que le contre-jour dissimule.

— Excusez-moi, Monsieur, vous connaissez Guéthary ?

— Oh oui, très bien !

— Voilà, je cherche du travail. Vous ne connaîtriez pas quelqu'un qui aurait besoin d'une…

— En automne, ici, en dehors de la période touristique, c'est difficile.

Encore un mauvais réflexe, il n'a pas pu s'empêcher de lui couper la parole. Pedro s'en veut, mais il n'allait pas s'engager comme ça avec une inconnue, même ravissante.

— Vous parlez très bien le français, mais votre accent ?

Aïcha s'y attendait, encore un interrogatoire. Ça se passe souvent ainsi, si elle veut trouver du travail elle devra garder son calme, se justifier, expliquer encore une fois.

— Un mélange d'accent guinéen et d'espagnol, je suppose.

— Ah bon ?

— Oui, vous ne le savez peut-être pas, mais en Guinée Conakry on parle français.

— Euh, la Guinée Conakry ?

— Ah, vous ne connaissez pas la Guinée Conakry ? Une ancienne colonie française, en Afrique de l'Ouest, bordée comme votre pays par l'océan Atlantique, entourée du Sénégal, du Mali, de la Côte d'Ivoire…

— Ah oui ! Mais…

— Je ne vais pas vous raconter ma vie. Ce que je voudrais, c'est trouver du travail.

— Attendez, et l'Espagne, alors ?

— Bref, de Guinée, je suis arrivée en Espagne où j'ai cherché des petits boulots, c'est comme ça qu'on dit en France, n'est-ce pas ? Des petits boulots pour ramasser des fruits ainsi que d'autres boulots que les Espagnols ne veulent pas faire, par exemple dans les restaurants, en cuisine, à la plonge surtout. L'Espagne dépend beaucoup de la main-d'œuvre étrangère.

Aïcha respire profondément, la voilà qui se justifie, une fois de plus

— Parfois, je traduisais quand le patron ne comprenait pas des clients africains, français ou anglais.

Pedro reste méfiant, on dit tellement de choses sur ces gens qui traversent la frontière espagnole, des migrants en situation illégale. Peut-il faire confiance à cette femme ? Cependant, son langage clair, direct lui plaît. Il a une petite idée, mais il voudrait être sûr.

— Vous savez, Monsieur, c'est très difficile pour une femme, noire en plus. Je n'ai rien trouvé qui corresponde à mes études, ni à Bilbao ni à Barcelone, ni à Madrid ni ailleurs. On m'a dit qu'en France ce serait plus facile...

— Si vous parlez plusieurs langues, ici, surtout en période touristique, ce serait un atout. Vous les lisez et les écrivez aussi ?

Quel maladroit tu fais ! se dit immédiatement Pedro. *Quel maladroit !* C'est vrai, combien de fois a-t-il gâché une conversation, une amitié ou une relation amoureuse par un propos blessant en se laissant emporter par sa prétentieuse assurance ? Ensuite, bien sûr, il le regrette.

En effet, la fille ne répond pas, il voit bien la colère retenue sur son visage crispé, dans ses yeux furieux.

— Oui, Monsieur, j'ai appris à lire et à écrire ! Comme tous les enfants de Guinée Conakry, à l'école, au collège puis au lycée. Vous voulez des preuves ?

— Oh ! Désolé, je ne voulais pas vous blesser.

— Vous savez, j'ai l'habitude. Quand on est *black,* on apprend vite ce que provoque la couleur de notre peau, surtout des préjugés. Alors on s'endurcit pour les affronter, mais cela fait toujours mal.

Sa voix qui tremble s'adoucit. C'est bizarre, elle ne sait pas pourquoi, mais avec cet homme, elle espère.

Pedro cherche ce qu'il pourrait dire, ce qui lui vient à l'esprit est tout simplement banal.

— Je peux me rattraper ?

— Laissez… Ce n'est pas grave.

— Racontez-moi…

Aïcha hésite, ce n'est pas fréquent qu'un homme s'excuse.

— Mes parents tenaient absolument à ce que je connaisse le français et l'anglais, en plus des langues locales, sosso, pular, malinka… L'espagnol, je l'ai appris en Espagne. Mais je sais qu'il faut m'armer de docilité, d'indifférence.

Pedro essaie encore.

— Écoutez, un travail dans un service type administratif, j'ai un ami qui…

— Oh ! Vous savez, je ferais n'importe quoi, ou presque.

Pedro se déplace vers la balustrade, il fixe la plage dont il connaît chaque centimètre. Elle le suit, vient s'appuyer sur la rampe tout près de lui.

— Vous voyez cet objet qui semble voler au fond à gauche ? avait demandé Pedro.

— Un grand oiseau ?

— Non, ce n'est pas un oiseau ! Regardez, il y a une personne qui se déplace sur la plage.

— Ah ! C'est plutôt quelqu'un qui tient un cerf-volant. Une femme, non ?

— Oui, il y a souvent des amateurs sur cette place.

C'est sans doute Carlina qui vient passer quelques jours au pays, pense Pedro.

Cette diversion lui permet de réfléchir. Il ne veut pas laisser filer cette jeune femme, elle lui plaît beaucoup, vraiment beaucoup. Chaque fois qu'il rencontre une femme qui l'attire, il tombe amoureux. Des histoires compliquées, il en a déjà connu !

Ils sont maintenant si proches qu'elle perçoit son parfum.

— Moi, c'est Pedro, Pedro Ithurbide et vous ?

— Aïcha Bangoura, articule-t-elle lentement en pensant que dans quelques minutes il ne s'en souviendra plus, lui posera de nouveau la question : *au fait vous vous appelez bien...*

Mais non. Ils laissent le roulement de l'océan prendre la place du silence. Comme c'est compliqué de dire les mots alors qu'on crève de désir ! Pedro résiste au besoin de toucher la main d'Aïcha, d'attirer ce corps qui se tend vers lui.

Que pense-t-elle ? Entre eux, il y a l'hésitation de l'adolescent qui espère un signe de l'autre qui voudrait dire : je meurs d'envie que tu me serres contre toi.

Pedro sent frissonner le bras d'Aïcha. Incroyable ! Il n'y a même pas une heure, ils ne se connaissaient pas. Par habitude, il jette un coup d'œil à sa montre.

— Ah, vous êtes pressé, Pedro !

— Euh… c'est que j'ai un rendez-vous de travail à 14 heures.

— Bon, alors à un de ces jours ?

— Attendez, attendez ! Je ne peux pas vous laisser comme ça. Si je trouve quelque chose pour vous, je vous téléphonerai ce soir.

— C'est que… je n'ai pas de téléphone.

— Pedro fouille dans toutes ses poches.

— Désolé, Aïcha, je croyais avoir une carte… je n'ai même pas de quoi vous écrire mes coordonnées.

— On pourrait se retrouver ici ce soir vers 18 heures, qu'en pensez-vous ?

Aïcha et Carlina

Bientôt 17 heures, tous ont chaud et paressent dans la moiteur inhabituelle de cet automne. Carlina en profite pour s'éclipser discrètement. Elle est heureuse de retrouver ses parents et son frère, mais ressent chaque fois le besoin de s'échapper avec son vieil ami.

Elle passe par le salon, sort en retenant la porte et traverse la cour jusqu'à l'atelier situé au fond du jardin, à une cinquantaine de mètres de la maison. Avant d'entrer, elle s'arrête pour constater les dégâts : la peinture rouge basque s'écaille par plaques et laisse apparaître le bois noirci ; les tuiles du toit sont recouvertes de mousse verte et humide qu'elle arrache de temps à autre ; les mauvaises herbes envahissent le chemin. Chaque année, Carlina essaie tant bien que mal d'entretenir les alentours et l'antre de son grand-père. Elle nettoie ce qu'elle peut, désherbe, ponce à la main les menuiseries, à l'intérieur, chasse les toiles d'araignées et la poussière, mais elle ne reste ici jamais assez longtemps pour tout mettre en ordre. Elle a bien suggéré que chacun dans la famille fasse un petit quelque chose. Son père dit qu'il a assez de bricolages comme ça dans l'habitation, sa mère rajoute qu'elle nettoie la maison de fond en comble, alors l'atelier… Quant à son frère, il a du travail, lui, et passe son temps devant son ordinateur sans même prendre l'air.

Carlina cherche dans une cavité du vieux mur la clef dissimulée derrière une pierre. Cette cachette, elle est seule aujourd'hui à la connaître. Elle aime respecter ce rituel, un secret que Grand-Père avait imaginé pour elle et lui. Bien sûr, il existe un double de la clef quelque part dans un tiroir de la maison familiale. Elle rabat les volets, imprudente, elle ne les verrouille jamais, entrebâille la porte de bois aux gonds rongés par les salins et qui geint. Une prochaine fois, il lui faudra penser à mettre un peu d'huile, il n'y a plus que Carlina pour l'ouvrir aujourd'hui, et seulement quand elle revient au Pays basque.

Elle hésite, se glisse avec discrétion, comme si Carlos était encore là, occupé à prendre des mesures ou à découper une pièce de tissu. Tout est resté tel quel, rangé comme il y a plus de vingt ans. Carlos était très exigeant pour l'ordre. Il disait qu'il valait mieux replacer chaque chose toujours au même endroit plutôt que de chercher longtemps un outil perdu et qu'on a oublié dans le feu de l'action. Carlina a fait de ce conseil un principe d'organisation qu'elle rabâche dans son propre atelier à Paris.

Adossé contre l'établi, son vieil ami l'attend. Cette construction de bois, de ficelle, de papier, de chiffon ressuscite chaque fois qu'ils se retrouvent. Carlina l'a souvent réparé : une armature brisée, le panneau déchiré, une corde coupée. Vaillant et fier, il résiste depuis tant d'années. Bien que la décoration verte et violette ait perdu son brillant, il a conservé une belle allure. Depuis sa construction, elle a restauré la queue usée avec des chutes de tissus légers qui flottent et contrastent avec le ciel, du rouge, du noir, de l'orange. En un instant, le cerf-volant fait réapparaître la haute silhouette de son grand-père.

Enfant, Carlina se faufilait dans l'atelier. Grand-Père faisait semblant de la gronder des yeux, mais ne disait rien. Elle s'installait sans faire de bruit dans un coin et ne manquait pas une miette de ce qui se tramait. Carlos commençait toujours par choisir le tissu avec son client. D'autres jours, Carlina assistait à la prise de mesures avec le long mètre souple. Cela durait, pourtant elle ne s'ennuyait pas en regardant son grand-père tourner cent fois autour du modèle, en l'écoutant poser quantité de questions, en observant son attention soutenue, sa maîtrise de gestes simples sur des détails dont elle ne comprendrait l'importance que bien des années après. Venait ensuite le traçage, la découpe du patron dans les feuilles de papier Kraft avant la taille du tissu. Puis c'étaient les assemblages et bien d'autres autres opérations que Carlina apprendrait peu à peu au fil des années.

Grand-Père était toujours gai et content de lui, elle l'entend encore siffloter ou fredonner un fandango ou une valse. Et quand un client s'étonnait de la présence de la fillette, il disait avec fierté et malice : « Je vous présente Carlina qui sera un des plus grands couturiers du pays ». Il avait raison, c'est ce qu'elle est devenue.

Aujourd'hui, elle mesure la passion qui l'a entraînée jusqu'à ce métier. Elle sait bien ce qu'elle doit à l'école du vieil homme, à son imagination, à son adresse méthodique, aux techniques qu'il lui avait peu à peu enseignées, depuis son jeune âge. Pendant et après ses études, être la petite fille de Carlos avait été déterminant pour pénétrer et apprivoiser le monde de la haute couture. Grand-Père avait utilisé ses réseaux en construisant pour elle une destinée de princesse. Et aujourd'hui encore il semble veiller sur elle. Que serait-elle sans lui ? Carlina revoit ses compagnons d'études qui, à qualités égales, parfois supérieures, n'ont pu atteindre les portes étroites de la renommée. Bien sûr, son travail obstiné, elle ne peut le nier. Mais combien d'autres, aussi volontaires qu'elle, ont échoué parce qu'ils n'avaient pas la protection, l'influence d'un grand-père. Toute à sa renommée, éblouie par les flatteries, elle n'avait pris conscience du destin tracé pour elle par Carlos que bien plus tard. Mais après tout, pourquoi s'en plaindrait-elle ? Elle mesure aujourd'hui le privilège de faire partie de cette famille.

Bientôt, les vagues se fracasseront en immenses gerbes blanches sur les rochers du littoral. D'ici deux heures, la marée montera jusqu'aux contreforts du village. Carlina a juste le temps de descendre sur la plage. Avec précaution, elle range le cerf-volant dans un grand carton à dessin, un format A0, avait-elle appris à l'École des Beaux-Arts. Elle en serre fortement les liens.

Elle enfile à la hâte un jean usé par le sel et le soleil, une vieille chemise bleue décousue par endroits, un accoutrement toujours prêt pour l'occasion, un comble pour une demoiselle de la ville et de la haute couture. Elle se complaît dans cet habillage vétuste et dans la douceur du tissu, un pied de nez à ses habitudes de bourgeoise. Elle éteint son portable, ainsi elle sera seule avec son cerf-volant, le vent et l'océan.

Derrière la maison, elle emprunte la rue qui rejoint le vilain pont au-dessus de la voie ferrée. Quel dommage ! Ça gâche le paysage. Par-là, elle prendra le chemin de Barogneria puis le sentier des Baleines qui mène au port proche de la plage de Parlementia. En dix minutes, elle sera sur le sable.

Du belvédère, elle ne voit personne sur la grève. En cette saison, les touristes sont rares, à part ces intrépides surfeurs, qui, quel que soit le temps, tenteront leur chance à la prochaine vague.

Dès qu'elle arrive, elle retire doucement le cerf-volant du carton, le pose à plat sur le sable, étale la queue de chiffons, redresse l'armature, face au vent, presque verticalement. Elle refait exactement tous les gestes de son grand-père. En courant, elle tire sur la corde, lentement tout d'abord, puis en accélérant, comme le lui avait appris Carlos. Il préférait qu'elle utilise son prénom quand ils étaient seuls. Parfois, elle trébuche, rattrape son équilibre. Son ami se débat et accepte l'ascension progressive. Carlina le fera monter à quarante mètres, un peu plus si elle s'y prend bien. Elle sait maintenant lui imposer sa volonté, mais elle sait aussi qu'il y a toujours une limite que l'on ne peut pas franchir.

Il vole. Ensemble, ils jouent à cache-cache avec le soleil. Il faut de l'agilité pour le guider à travers les courants et éviter qu'il ne s'écrase. De temps à autre, elle tente des figures et en réussit quelques-unes de toute beauté. Grand-Père serait fier d'elle, lui qui lui avait appris les gestes précis jusqu'à ce qu'elle les maîtrise et perfectionne sa propre technique.

Il y a dans cet objet volant plus de secrets que dans un cahier. Tout à sa conduite, elle se souvient par bribes et reconstruit ses souvenirs.

Carlos avait progressivement abandonné les costumes trois-pièces masculins pour créer des tenues féminines. Et surtout, il n'avait pas accepté de partir à la retraite. La soixantaine ? Quelle importance ! Pourtant Grand-Mère insistait. Ils pourraient enfin voyager, pendant qu'il était encore temps. Diable ! En pleine forme et en bonne santé, il n'avait pas encore réalisé toutes les idées qu'il consignait dans son grand classeur. Et puis voilà que pour les hommes, la confection, « la petite et la demi-mesure » avaient supplanté, en quelques années, « la grande mesure », le vrai « sur mesure », celui où rien n'existe avant que le client n'ait passé commande. Exemplaire unique, avec des coutures faites à l'aiguille ! Carlos savait améliorer la ligne de celui qui portait le vêtement, le vêtir à son avantage tout en suivant la mode, corriger certaines imperfections de morphologie, donner de l'aisance à une silhouette empruntée. L'univers des tailleurs pour hommes était exclusivement masculin. En choisissant de vêtir des femmes, Grand-

Père désirait-il affronter un nouveau défi ? Après tout, il avait le talent et l'habileté pour satisfaire les exigences de la clientèle. Il se considérait artisan et sans doute artiste. Ne créait-il pas lui aussi une œuvre originale et singulière ? Il était de ceux qui savent porter un soin méticuleux à la réalisation, qui connaissent les dernières tendances et marquent la différence entre le prêt-à-porter commercial et l'ouvrage fait main.

Carlina l'observait. Elle voyait bien, silencieuse dans un coin discret de l'atelier, le regard qui s'attachait aux corps. Ses propres yeux accompagnaient ceux du vieil homme, suivaient les lignes d'un dos, des hanches, d'une poitrine, imaginaient la fermeté et la douceur de la chair. Parfois même, le regard de la jeune fille s'insinuait plus loin, vers les espaces mystérieux de ces silhouettes féminines.

Grand-Père laissait glisser ses mains, appuyait sur une épaule, sur un bras qu'il serrait légèrement.

Les dames se prêtaient sans gêne et avec patience aux prises de mesures, aux nombreux essayages, à toutes les attentions de Monsieur Carlos.

Parmi ces femmes élégantes et belles, à la peau blanche ou cuivrée, il y avait celle qui était revenue cent fois dans l'atelier pour les plis d'une robe, la largeur d'une ceinture. La connivence entre cette femme et son couturier était-elle professionnelle ? Seulement professionnelle ? Carlina revoit les regards furtifs, les murmures, les corps qui se frôlent.

Absorbée par ses souvenirs, elle n'a ni vu ni entendu approcher les vagues. Elles arrivent maintenant à ses pieds puis s'étalent et se retirent dans le bruissement des grains de sable et des galets qui glissent les uns contre les autres. La marée atteindra le haut de la plage dans moins d'une heure.

Elle pense à ses parents et à son frère qui vont sans doute s'inquiéter bien qu'ils soient habitués à ses escapades solitaires. Sa mère dira encore :

— Où étais-tu, Carlina ? On t'a appelée ! Et comme d'habitude, tu n'as pas pris ton portable.

— Maman, enfin ! J'étais sur la plage. Je n'ai plus dix ans.

À près de 40 ans, la famille la considère encore comme une enfant. Même son frère ! C'est vrai que son visage, son allure la font paraître très jeune. Mais de là à lui parler comme à une gamine !

Et son père, de renchérir :

— Ta mère a raison, Carlina, on ne sait jamais où tu vas et on ne peut même pas te joindre.

Cette liberté, cette solitude, ses secrets, elle veut en profiter seule, coupée du monde bruyant et exigeant dans lequel elle vit habituellement.

Le foehn, qu'aimait tant son grand-père, est l'allié de Carlina et de son cerf-volant. Comme Carlos, elle se méfie de *La brouillarta,* cet impressionnant coup de vent qui surgit, imprévisible, une courte tempête qui fait voler le sable, les serviettes, les parasols, tout ce qu'elle trouve sur son passage et précipite les vagues. Aujourd'hui, pas de dégâts, Carlina tire le cerf-volant en enroulant régulièrement la corde, le dépose avec précaution, referme solidement le carton sur lui. Au retour, elle passera par les criques et remontera par le chemin de la chapelle.

Elle marche lentement pour prolonger le contact du sol tiède sous ses pieds nus. Elle jette un regard sur la grève vers laquelle la marée s'approche rapidement. Elle avance, légère, esquisse quelques pas de danse avec l'allégresse insouciante de l'enfance. Elle fredonne un de ces airs populaires qui s'agrippent à sa mémoire et à son cœur, que sifflotait souvent Grand-Père.

Fandango que rythment les bravos,
Que répète l'écho, de Sare à Bilbao.
C'est le chant des ruisseaux, c'est le chant des oiseaux
C'est le chant de l'amour, Fandango !

Au bout de la plage, contre les rochers sombres, une tache rouge attire son attention. Encore un de ces déchets que l'Atlantique rapporte d'on ne sait où. Carlina est trop loin pour savoir de quoi il s'agit. Elle s'approche jusqu'à une dizaine de mètres. Elle devine alors ou peut-être imagine une forme allongée, un corps inerte. Elle a peur. En été, on voit souvent des inconnus allongés contre les rochers, jamais en cette saison… Elle avance avec hésitation. La tache rouge, c'est une robe, celle d'une femme couchée sur le côté dont elle ne voit que le dos. Plus près, elle découvre une peau noire qui se confond avec la couleur sombre de la dalle où la femme semble assoupie. Maintenant à deux pas, Carlina entend le souffle régulier d'une respiration. Les jambes et les bras de l'inconnue sont polis, presque dorés, un corps jeune. Le vêtement délavé souligne les formes que l'œil averti de Carlina déshabille. Elle imagine malgré elle, un réflexe chez elle, comment vêtir cette inconnue et les contrastes quelle pourrait créer avec sa peau noire. Carlina est rassurée, mais ne peut pas laisser cette femme alors que l'océan sera bientôt là. Elle lui serre le bras afin de l'éveiller.

— Madame, ce n'est pas prudent de dormir sur la plage à marée montante.

Sans réponse, elle répète de plus en plus fort :

— Madame, il faut vous lever et partir d'ici !

Dans la brume de son réveil, la femme ne comprend pas. Elle est encore dans son rêve. Pourtant elle se souvient qu'elle a rendez-vous, mais avec qui ? C'est sûr, c'est lui, il est venu la réveiller, elle a oublié, à quelle heure déjà ? Ce n'est pas possible, en pleine nuit ? Elle entrouvre les yeux, il fait jour. Elle devine une silhouette agenouillée près d'elle et distingue peu à peu un joli visage, un regard inquisiteur, une ample chemise bleue, déchirée par endroits.

— Allez, Madame, il faut vous lever et partir !

— Partir ?

— Oui, tout de suite, dans dix minutes vous serez trempée jusqu'aux os.

Mais l'inconnue reste allongée. Carlina lui prend la main et tente de la tirer de sa torpeur. Elle est pieds nus, ses vieilles sandales sont rangées à terre à côté d'un petit sac. Ses jambes sont fines et musclées, sa bouche charnue. Le corsage serré de sa robe gonfle sous la pression des seins. Aïcha ouvre enfin les yeux, s'adosse au rocher. De cette femme noire, Carlina découvre les cheveux courts, drus, séparés par une raie approximative, l'ovale géométrique de son visage.

Aïcha s'échappe lentement de son rêve, reconstitue la réalité : sa rencontre avec Pedro, oui, Pedro Ithurbide, ils s'étaient promis de se retrouver à 18 heures, au belvédère. Après le départ de cet homme, elle attendait le rendez-vous, elle l'espérait joyeuse, dans une allégresse qu'elle n'avait pas éprouvée depuis longtemps. Elle avait alors parcouru une partie du sentier du littoral en suivant la direction de Bidart indiquée sur un panneau puis était revenue sur ses pas. Tiens, et si elle allait voir la plage de plus près. Aïcha avait envie de respirer la mer à pleins poumons, de plonger ses mains et ses pieds dans l'eau, de contempler l'horizon et de trouver un rocher qui la réchauffe.

Elle était descendue jusqu'à la plage par un étroit chemin et s'était avancée jusqu'à apercevoir une mince silhouette qui semblait danser, dont les pas suivaient les ondulations rythmées d'un cerf-volant.

Pour mieux l'observer, Aïcha avait trouvé une sorte de niche dans les rochers et s'était lovée contre la dalle de pierre tiède. Le roulement régulier de l'océan l'avait bercée. Au loin, au large, les vagues naissaient et s'amplifiaient jusqu'à former des rouleaux sombres qui sur le rivage se désagrégeaient en longues mousses ou venaient se fracasser sur les récifs. Elle avait écouté puis s'était habituée au roulement perpétuel des galets qui s'usent inexorablement dans le ressac. La femme sur la plage dansait, jouait encore avec son cerf-volant, parfois en s'exclamant ou même en chantant. Aïcha aurait aimé connaître un peu de sa vie, parler avec elle comme elle l'avait fait avec Pedro. Elle était si seule, elle éprouvait le besoin d'une présence, de quelqu'un à qui se confier. Sa pensée s'échappait. Bien sûr elle avait le temps, trop de temps avant le rendez-vous. Après ce long voyage depuis Murcia, elle ressentait à présent une lourde fatigue qui lui fermait les yeux. C'était si agréable d'être là dans la chaleur douce du soleil, de se laisser bercer par le lancinant murmure de l'écume blanchâtre qui s'étale et se rassemble sur la grève. Épuisée, elle s'était endormie.

Maintenant, Aïcha repousse cette femme à bout à bras pour mieux la voir. Plus âgée qu'elle, 10 ans, peut-être moins, un joli visage souriant, accueillant. Sa vieille chemise s'ouvre et laisse deviner ses petits seins, une peau très blanche. Aïcha imagine la volupté du contour des épaules, la nudité sous la toile bleue. Elle réalise peu à peu ce qui se passe.

— Quelle heure est-il, s'il vous plaît ?

— Je ne sais pas exactement, près de 19 heures, je pense. La marée arrive. Il faut partir d'ici !

— Oh ! Excusez-moi, je suis pressée, j'ai un rendez-vous là-haut à 18 heures, je l'ai sûrement raté.

— Je vous accompagne ?

— Vous êtes bien encombrée avec votre grand carton !

L'eau arrive à leurs pieds. Aïcha saisit ses sandales, les fourre dans son sac.

— Désolée, je dois vite remonter au village. Je m'appelle Aïcha et vous ?

Elle court en se retournant. Dans son dos, elle entend crier :

— Carlina, je m'appelle Carlina.

Carlina regarde le sable s'accrocher aux pieds d'Aïcha puis se détacher en petits morceaux. Malgré la vigueur et la souplesse de ses jambes, le sac crée un petit déséquilibre dans sa foulée. Elle s'éloigne rapidement jusqu'au bout de la plage, jusqu'à se confondre avec les rochers noirs et réapparaître au début du sentier qui monte au belvédère, une mince silhouette sombre sur le chemin, qui se cache et ressurgit parfois dans les premiers lacets qui conduisent à Guéthary.

Aïcha arrive en haut à bout de souffle. De là, elle aperçoit en contrebas l'immense étendue verte et sombre qui recouvre maintenant la plage d'où Carlina a disparu.

Quelle heure est-il exactement ? Comment savoir ? 19 heures, lui a dit la jeune femme ! Aïcha est probablement arrivée trop tard pour retrouver Pedro. L'a-t-il cherchée, attendu une demi-heure, peut-être plus… Qu'a-t-il pensé alors ? Et pendant ce temps, elle dormait ! Elle s'en veut. Elle cherche désespérément, le belvédère est désert. Qui viendrait à cette heure-ci ? Elle voit bien que le soleil descend de plus en plus vite, qu'il sera bientôt derrière l'océan et qu'alors ce sera la nuit. Où est Pedro ?

Elle l'imagine à sa recherche. Il longe la balustrade, scrute autour de lui, en bas vers le port et la plage. Peut-être l'appelle-t-il ? Il regarde sa montre, attend, s'impatiente et se dit : *on ne peut pas faire confiance à ces étrangers*.

Alors elle crie de toutes ses forces, plusieurs fois :

— Pedro, Pedro Ithurbide !

Aïcha est désemparée. Découragée, elle s'assoit sur un banc. Devant le soleil qui s'efface à l'horizon, l'eau réfléchit son reflet orangé. Le ciel bleu nuit approche de plus en plus vite et se confondra bientôt avec la pénombre de l'océan.

Sa gorge se serre. Elle se rend compte, malgré elle, de l'importance prise par cet homme dans ses pensées. Comment le retrouver ? Elle ne verra bientôt plus rien. Va-t-elle dormir ici ? Seule ?

Elle reprend le chemin en direction du village, là où elle était arrivée ce matin. La boulangerie est-elle encore ouverte ? Elle se souvient, l'accueil chaleureux de la serveuse, sa gentillesse. De loin, une faible lumière jaune semble éclairer la vitrine. À la porte est accroché un petit panneau : « *Fermé jusqu'à demain matin sept heures, bonne soirée.* » Aïcha appuie son front contre le vitrage en essayant de voir à l'intérieur et ne parvient plus à retenir ses larmes.

La gare de triage

Bien sûr, Pedro est arrivé en retard au bureau avec durant tout le trajet cette fille dans ses pensées. De Guéthary à Biarritz, il faut presque une demi-heure avec les travaux et tous ces feux rouges. Le client attendait dans le hall du coworking, installé devant un café dans lequel il trempait un biscuit. Valérie, la secrétaire, avait bien fait son job, Pedro imagine ses stratagèmes. Elle avait usé de son beau sourire, aucun homme ne peut résister au sourire de Valérie. Et puis, elle avait meublé la conversation, parlé du temps exceptionnel de cette année, *ce mois de septembre, on se croirait en plein été. Installez-vous ici, Monsieur Demair, je vous offre un café ? Monsieur Ithurbide ne va pas tarder, avec ces embouteillages ! Biarritz est devenue une ville impossible.*

Si bien que lorsque Pedro a débarqué, le client n'a rien dit, juste un coup d'œil furtif à la pendule du hall… 14 heures 10.

Pedro fait un petit signe à Valérie et lance un regard qui voudrait dire : *merci, Valérie, tu es formidable, je te revaudrai ça*. Il en sera quitte pour un petit cadeau, pâtisserie, macarons de la *Maison Adam* ou invitation à déjeuner au *Marloe.*

— Bonjour, Monsieur Demair, excusez-moi pour…

— Ce n'est pas grave, je comprends, avec tous ces travaux…

— On passe dans mon bureau ?

Pedro observe Laurent Demair, peut-être 30 ans, patron d'un magasin de jouets, une véritable caverne d'Ali Baba héritée de ses parents. Sa silhouette et son visage semblent imprégnés par tous les trésors de sa boutique qu'il désire maintenant transformer. Émerveillés, Pedro l'écoute, crayon à la main, son bloc devant lui pour prendre des notes.

— Vous auriez des plans de votre bâtiment, Monsieur Demair ?

— Oh, vous savez, la maison appartient à ma famille depuis des générations ! Tout est de bric et de broc. On se perd dans les coins, les recoins, les étages... Non, il existe juste des croquis vieux de 50 ans qui ne correspondent plus à rien.

— Ça a son charme, non ?

— Oui, Monsieur Ithurbide, c'est ce qu'on dit, mais au fil des années on s'en lasse, le client ne trouve pas ce qu'il cherche et souvent ma vendeuse et moi-même non plus. Ça devient insupportable.

— Vous savez, Monsieur Demair, je ne peux pas refaire votre magasin. Il faudrait plutôt vous adresser à un architecte. Ici, dans nos locaux de coworking, il y a un excellent collègue qui...

L'esprit de Pedro est encore sur le belvédère de Guéthary avec la jeune femme noire. À quelle heure déjà, le rendez-vous ?

— Non, non, Monsieur Ithurbide, je ne veux pas transformer les locaux. Je crois qu'un agencement, un mobilier de rangements, une signalétique, comme on m'a dit que vous saviez si bien le faire, suffiraient.

— Bien sûr, dans ce cas, je serai à votre service avec grand plaisir. Nous pourrions nous revoir bientôt sur place ?

— Oui… Tiens, vous seriez libre cette après-midi ?

— Euh… une seconde, si vous permettez, je consulte mon planning.

Pedro lance son ordinateur, une stratégie qu'il utilise pour gagner du temps et réfléchir. Il sait bien qu'aujourd'hui il n'attend personne. En ce moment, ça ne se bouscule pas et il aurait bien besoin de cette affaire. En même temps, il pense à sa promesse, la retrouver vers 18 heures au belvédère. Ça devrait passer…

— C'est d'accord, Monsieur Demair, on se rejoint dans un quart d'heure à votre magasin ? Le temps de prendre mon matériel.

Avant de partir, il vérifie que sa caisse à outils est bien dans le coffre de sa voiture avec son télémètre laser numérique, un petit bijou, son appareil photo, de quoi noter et faire des croquis... En passant, il n'oublie pas de féliciter et de remercier la secrétaire.

— Eh, Valérie, on déjeune ensemble demain ? Je t'invite, bien sûr.

Ah ! Ce sourire de Valérie, bien que Pedro y surprenne parfois une ombre furtive de tristesse aux commissures des lèvres et dans ses yeux insaisissables.

Devant la boutique de jouets, Pedro est ébloui et ému. Dans la vitrine, c'est toute son enfance qui ressurgit. Il y a longtemps qu'il n'a plus pensé à ces moments de fête quand, avec ses parents, ils venaient choisir un jouet. Il se souvient surtout de sa période petits trains quand avec sa mère et son père ils montaient au deuxième étage où étaient installés les circuits miniatures, dédaignant les jouets de filles ou de petits. Il y avait là une multitude d'équipements ferroviaires de toutes dimensions, de toutes sortes : wagons de marchandises, de voyageurs de première et deuxième classes, citernes, locomotives à quatre roues motrices rouges, vertes, bleues, jaunes, de tous les pays et continents de l'Amérique à l'Inde, jusqu'à la Chine. Il y avait aussi en kit, gares, garages, ponts, aiguillages, barrières automatiques, de quoi faire rêver l'enfant qu'il était… panneaux indicateurs, petits personnages en uniforme et décorations, arbres, voitures, maisons miniatures. Pedro se demande aujourd'hui qui de son père ou de lui-même était le plus passionné. Quant à sa mère, elle s'amusait de les entendre discuter âprement de tel ou tel autre matériel. De retour à la maison, c'était la frénésie quand ils ouvraient les paquets dans le grenier spécialement aménagé, un vrai musée. Là, ils installaient le nouveau matériel. Puis Maman abandonnait les deux compères pour préparer le repas, un repas de fête pour l'occasion dont les senteurs de viande grillée, de sauce et de pâtisserie se mélangeaient et s'infiltraient dans l'escalier raide et étroit que Papa avait construit en planches récupérées sur des palettes. En plus du grenier, dans sa propre chambre, Pedro avait agencé, avec les conseils et l'aide de son père, une gare de triage automatisée placée à un mètre à peine au-dessus de son lit, fixée sur de grandes plaques de bois qui faisaient le tour de la pièce. Chaque soir, avant de se coucher, Pedro commandait le démarrage de la gare. Il vérifiait que tout fonctionnait parfaitement, puis, les yeux fermés, allongé sur son lit, il écoutait le trafic des trains qui circulaient et s'imaginait sur le quai d'une vraie gare. Il levait les yeux vers les panneaux lumineux qui indiquaient les destinations, Paris, Marseille, Lyon, Barcelone… C'était sûr, plus tard il serait pilote de locomotives ! Il s'endormait ainsi bercé par le roulement feutré et saccadé des locomotives et des wagons, dans le cliquetis des aiguillages qui orientaient les petites machines dans un dédale inextricable de rails et de bâtiments. Tard dans la nuit, ses parents venaient couper l'alimentation électrique.

— Eh bien, Monsieur Ithurbide, vous n'osez pas entrer ?

Surpris dans sa rêverie, Pedro a oublié ce pour quoi il est là. En passant devant le comptoir, il attrape l'heure à l'horloge, 16 heures ! Il ne lui reste guère de temps.

Dans ce genre d'affaire, il y a toujours des imprévus et Monsieur Demair, encouragé par l'intérêt de Pedro, tient à lui faire visiter sa boutique de fond en comble. Il raconte des anecdotes, lui parle de son père qui avait… et de son grand-père qui lui… En professionnel, Pedro prend des dimensions, trace des croquis, fait des photographies, pose les questions importantes. Il s'attarde deux minutes au troisième étage, étourdi par les souvenirs de toutes les petites machines de son enfance. D'ici quelques jours, il se fait fort de proposer un projet consistant. Il a l'impression que le patron du magasin est en confiance. Celui-ci lui présente sa vendeuse, une jeune femme dynamique, assez jolie et avenante que Pedro interroge en la mettant en valeur, ce qui semble la réjouir. Un bon point de plus dans la transaction qui est en train de se jouer. Le temps passe. Bon sang, quelle heure est-il ? Pedro n'ose pas regarder sa montre. Ce serait une maladresse qu'il ne faut pas commettre avec un client potentiel. Et des clients en ce moment il n'y en a pas beaucoup. En passant devant le comptoir, il jette un coup d'œil à l'horloge, Monsieur Demair ne le lâche pas un seul instant, la vendeuse renchérit.

— Vous pensez que c'est possible, une signalétique qui permettrait de trouver rapidement une référence ?

— Oh oui ! Avec un système informatisé ? Pas de problème.

Par flashs, imprévisiblement, la fille du belvédère distrait l'attention de Pedro.

À 18 heures 30, le patron ferme enfin la boutique. La vendeuse est pressée... Ses enfants à récupérer chez la nounou.

— À demain, Laurent. Bonsoir, Monsieur Ithurbide, au plaisir.

— Bonne soirée, Flora. Euh, Monsieur Ithurbide, je vous mets à la porte ? Vous m'envoyez votre projet bientôt ?

Ouf ! Pourtant Pedro se contraint à partir calmement, mais dès qu'il est dehors, il fonce vers sa voiture, démarre. Quelle poisse de rouler à cette heure, bien sûr, à la sortie du boulot, les feux, quelle galère ! Il n'y arrivera jamais ! Elle va penser qu'il n'est pas venu au rendez-vous. Mais pourquoi se préoccupe-t-il donc tant de cette fille ? Comment s'appelle-t-elle déjà ? Ah oui ! Aïcha Bangoura. En plus, il lui a fait miroiter, presque promis un éventuel travail, mais en réalité, il n'a aucune idée. Il s'en veut… Est-ce qu'elle est bien en règle pour pouvoir travailler en France ?

D'habitude, il préfère s'arrêter devant la boulangerie et faire le chemin à pied. C'est si beau quand on arrive de ce côté. Au retour, il achète toujours un pain délicieux qu'on ne trouve nulle part ailleurs, bien levé, noir, bourré de graines. Et Muriel, la serveuse qu'il connaît est bien sympathique. Mais ce soir, il se gare au plus près, à 50 mètres du Belvédère. Il fait presque nuit, ce serait vraiment un miracle qu'elle soit encore là. Il se penche et scrute le minuscule port de Guéthary, désertique à cette heure-ci. Il devine les petites embarcations à l'abri sur l'embarcadère en béton. La plage est inondée par l'eau sombre et tumultueuse de la marée haute. Il écoute le bruissement des haubans, des chaînes et des cordages des bateaux amarrés, le choc sourd des vagues qui se fracassent dans une succession de gerbes d'écume qu'il devine plus qu'il ne les voit. Il descend sans espoir une centaine de mètres sur le chemin. Il appelle, Aïcha ! Aïcha… Mais pourquoi est-il si préoccupé ? Il essaie de trouver les raisons qui le mettent dans cet état. Après tout, qu'a-t-elle de si extraordinaire, cette fille ? Comment la retrouver ? Ce soir, demain, elle sera partie ailleurs.

Le vent est chaud, il pourrait passer la nuit ici à la chercher, à l'attendre… Il pourrait dormir là, sur le banc, sans avoir froid. Allons, Pedro, tu es ridicule, tu devrais plutôt rentrer chez toi et commencer ce projet pour le magasin de jouets. Ce serait stupide de laisser filer ce travail. Il remonte lentement le chemin, entre dans sa voiture. Les mains crispées sur le volant, il ne sait pas s'il est en colère contre lui-même, découragé ou triste.

Retour à la maison

D'un bon pas, Carlina grimpe le sentier qui arrive à la chapelle Saint-Joseph, jusqu'à s'essouffler. Elle est gênée par le grand carton à dessin qui protège son cerf-volant, mais c'est un bon exercice physique. De là-haut, elle aura peut-être la chance de contempler les derniers instants du crépuscule quand le soleil trace un étroit ruban de fin de jour, lumière orange pâle et triste entre l'océan et le ciel, juste avant que la nuit fasse disparaître tout le paysage. Ce soir, elle ne s'attardera pas longtemps, se dépêchera de rejoindre la maison située à 500 mètres environ.

Devant l'étroite porte en bois de la chapelle a été déposé un bouquet de grandes fleurs jaunes, une coutume en souvenir des lépreux qui s'étaient couchés là pour prier, une légende d'après ce qu'on dit au village. Carlina ne croit pas à cette histoire. Elle enjambe le vase, entre et se laisse pénétrer par le silence, la sobriété, la blancheur de la petite salle, l'alignement parfait de ses bancs rustiques de bois clair. Elle s'approche du fond, jusqu'au Chœur où Joseph serre son fils tout contre lui, la Vierge Marie drapée de bleu à ses côtés. Chaque fois, Carlina est émue par la candeur de ces jeunes parents. Elle a pourtant tenté d'effacer les croyances de son enfance, les réunions au catéchisme, les messes serviles, accompagnée de ses parents. Elle sort à la hâte, évite de justesse le bouquet de fleurs, passe devant la maison de leurs voisins, les Ithurbide. Tout est fermé, il y a des mois qu'on ne les a pas vus. La famille ne revient en général qu'à Noël et en plein été. Pedro n'habiterait plus ici, il serait, paraît-il, installé à Biarritz, plus près de son travail. Elle pense à lui, fugacement, quelques vagues souvenirs, joue-t-il toujours de la clarinette ?

Chez elle, la baie vitrée est éclairée. Dans le salon, ses parents lisent, si passionnés qu'il leur arrive d'oublier de dîner. Bon, ils n'ont pas l'air de s'inquiéter, se sont-ils même aperçus de son absence ? Elle frappe de petits coups secs contre le vitrage, ils lèvent la tête et lui sourient. Carlina tente de déchiffrer le titre des livres qu'ils ont entre les mains : *L'œil de l'ours, L'homme à la perruque*, de jolis titres, ça lui donne envie de les lire. Son frère n'est sans doute pas encore sorti de sa chambre. Il ne devrait pas tarder, il rate rarement l'heure du repas, les yeux encore gonflés d'être restés rivés sur l'écran de son ordinateur ! Les aiguilles de l'ancienne horloge indiquent vingt heures, elle a encore un peu de temps. De toute façon, ici, on ne s'attable jamais très tôt.

Elle ouvre la porte de l'atelier, éclaire, replace le cerf-volant à l'endroit habituel, l'inspecte encore une fois. Elle a besoin de ce rituel et de gestes lents pour retrouver l'atmosphère de la grande pièce. Elle s'attarde toujours quelques minutes, pense à son grand-père en embrassant pour la millième fois les mille détails...

Elle pense aussi à cette Africaine noire, un imprévu qui la réconforte, un cadeau. Elle répète à haute voix : « Aïcha, Aïcha... » Elle ne sait pas pourquoi. Peut-être seulement pour ne pas oublier ce prénom qui tout de suite s'étouffe dans les tissus. Aïcha, quelle pure beauté dans sa pauvre robe trop légère pour cette saison alors qu'il fera bientôt froid ! Se reverront-elles ? Qui est-elle ? Demeure-t-elle dans la région ? Carlina n'aura sans doute jamais de réponses. Alors, à quoi bon penser à elle ? Dommage, elle ferait certainement un modèle original pour ses prochaines collections.

Arrivée dans le salon où ses parents sont encore plongés dans leur lecture, elle entend la cavalcade d'Estéban qui dévale l'escalier. Son frère se plante alors au beau milieu de la pièce, les parents ne l'entendent pas ou font semblant. Carlina feint aussi l'indifférence.

— Eh ! Qu'est-ce qu'on mange ce soir ?

Tous les trois regardent Estéban, Maman avec tendresse, Papa avec l'œil interrogatif, quant à Carlina, elle fait une petite moue qui semble dire, *tu n'exagères pas un petit peu, Estéban ?* Elle adore son frère et admire son culot, il le sait.

— Bon, j'ai compris. Ce sera soupe du chef et fromage.

Les parents rassurés replongent le nez dans leur bouquin. Tout de suite, on entend des bruits métalliques, assiettes, verres qui s'entrechoquent, frigo qui sonne parce qu'il a encore oublié de le refermer. Carlina se presse à la salle de bain. Quand elle revient, les cheveux soigneusement ébouriffés par la brosse, elle entend le sifflet d'une cocotte-minute, hume d'appétissantes odeurs où se mêlent confusément poisson, fenouil, ail et oignon, pain grillé. Estéban passe la tête par la porte de la cuisine, aperçoit sa sœur. Elle a troqué ses nippes contre une jolie robe bleu violacé et vaporeuse de plein été, une de celles qu'elle a bien sûr dessinées. En une fraction de seconde, il perçoit son corps splendide, la rondeur des épaules, les petits seins tendus, le léger embonpoint autour des hanches et la ligne souple des jambes. Il a le regard ardent de l'amoureux et pense dans un éclair qu'aucune de ses conquêtes ne peut rivaliser en beauté avec celle de sa sœur, et c'est tout son être qui chavire quand elle le dévisage. Ils se comprennent sans parler. Estéban est sans doute le seul à deviner dans le beau visage à peine maquillé de Carlina une fine ride sur le front qui lui donne un air buté, volontaire. Il se ressaisit et en tonitruant, il clame :

— La soupe est prête dans une minute ! Carlina, tu peux m'aider ? Mets la table, bon sang ! Y a pas que ton cerf-volant dans la vie.

— Oh ! Lâche-moi un peu, s'il te plaît, Monsieur l'intello. T'as même pas vu le soleil aujourd'hui. Ça te ferait du bien de prendre l'air, tu serais plus aimable et bronzé en plus.

D'un même élan, tous se dirigent vers la cuisine. Carlina installe nonchalamment les couverts. Les parents sourient et devinent, derrière les chamailleries, la complicité de leurs enfants.

— Un petit Txakoli bien frais en apéro ?

— Rafael, enfin ! Tu donnes de mauvaises habitudes aux enfants, le vin, pas tous les jours !

— Allons, Joana, tu exagères et puis, nous sommes en vacances !

— Eh, les parents, du calme ! Papa, sers plutôt Carlina. Hein, grande sœur, on va trinquer à l'espagnol : Arriba, abajo, al centro ! por dentro, à ton prince charmant !

Cette taquinerie fait grimacer Carlina. Voilà un humour qu'elle n'apprécie pas du tout, ce genre de remarques de plus en plus fréquentes dans sa famille, à son travail et même avec des relations ordinaires. Et bien sûr, sa mère profite de l'occasion.

— Tu vois, Carlina, il n'y a pas que moi qui m'inquiète.

— S'il te plaît, Maman, tu ne vas pas recommencer.

— Maman a raison, tu as bientôt 40 ans et rien à l'horizon.

— Alors toi, Estéban, avec ta collection de princesses triées sur le volet par internet, tu ferais mieux de te taire.

— Attendez, les enfants… Qu'est-ce que vous en dites du Txakoli ?

— Excellent, Papa. Alors ta soupe, Estéban, c'est pour quand ?

— Ok, Carlina. Tu nous le présenteras bientôt, ton soupirant ? Sympa au moins ? Je veux bien être témoin…

— Qu'est-ce que t'es lourd, Estéban !

Mais Joana en rajoute. Cette fois, elle va dire ce qu'elle pense et tant pis si Carlina râle, après tout, c'est son rôle de mère.

— Tu sais, Carlina, après 40 ans, avoir un enfant, ça peut être difficile, voire problématique.

— Maman, tu exagères, franchement, tu me vois avec un marmot ? Avec mon métier et tout ce que ça implique ?

— Mais ton métier, ton métier… Tu pourrais t'organiser. Bon sang, le plus important dans la vie d'une femme, c'est bien d'être mère !

Estéban regrette sa plaisanterie et son père, lui, ne sait pas quoi dire pour calmer l'altercation.

— Euh, moi, j'aimerais bien un petit enfant, fille ou garçon, n'importe, oui j'aimerais.

— Écoute, Papa, et que ce soit clair pour tout le monde. Je n'ai pas envie d'être mère, j'ai le droit, non ?

— Au moins un enfant, Carlina, un seul. C'est ainsi dans la nature, et chez les êtres humains aussi.

— Tu n'as pas compris, Maman. Moi… Moi, je ne veux pas d'enfant !

— Tu ne réfléchis pas, Carlina, franchement, tu me déçois. Donner naissance à une petite fille ou un petit garçon, c'est un devoir pour une femme. C'est faire cadeau de la vie, c'est laisser un peu de soi pour plus tard. Tu n'aimes pas les enfants ?

— Chère Maman, essaie de comprendre. J'aime les enfants ! Mais je ne veux pas de gros ventre, de gros seins, de biberons. Je ne veux pas de langes ni de nuits blanches. Non, je ne veux pas d'une petite main dans la mienne pour l'accompagner à l'école… Je veux être libre !

— Tu ne te rends pas compte de ce que tu dis, Carlina ! Tu risques de le regretter amèrement et de finir tes jours seule. Ton frère et toi vous ne pensez qu'à vous. On ne sera jamais grands-parents, c'est ça ? Mais dis quelque chose, Rafael !

Carlina, accoudée sur la table, ferme les yeux, pose la tête dans ses mains ouvertes. Les paroles s'enferment dans le silence, lorsque Estéban lance :

— Et voilà, la soupe est froide !

La salle des profs

À la récréation, dix minutes dans la salle des professeurs, un ballon d'oxygène où une bonne odeur de café et des exclamations accueillent Laurenne : *Hello, salut, bonjour… Ça va, Laurenne ?*

Les discussions sont déjà bien engagées :

— Insupportable, ce matin la classe de seconde 4.

— Ah bon ? Ils sont plutôt sympas d'habitude.

— Hier, j'ai planté tous mes bulbes. C'est bien le moment, non ?

— Ça, les pneus-neige, je ne m'en occupe pas, c'est le boulot de mon jules.

— Frantz, ce film, quelle émotion !

— Tu te rends compte, ils nous ont collé un conseil ce soir.

— Mon mec, il ira chercher les enfants chez la nounou…

— Quelle veinarde, Valentine !

Laurenne se sert une tasse de café, prend un biscuit, cherche des yeux quelqu'un à qui parler. Elle pense aux premières S3 anéantis par une journée de cours qu'ils termineront avec elle et deux heures de math, et aussi au conseil de classe à 17 heures. Lucie, sa collègue d'histoire, lui fait un petit signe de la main, lui sourit. Celle-ci est arrivée en septembre discrète et même distante, personne ne la connaît vraiment. Elle s'est déjà fait la réputation d'un caractère affirmé qui ne se satisfait pas des règles tacites du lycée. Sans doute un peu plus âgée que Laurenne, la cinquantaine, l'allure sportive, elle attire tout de suite le regard des hommes et une pointe d'envie chez quelques femmes. Laurenne se sent empâtée quand elle la rencontre. Elle se souvient de l'impression de légèreté qu'elle avait observé. Lucie traversait la cour, quelle jolie fille, le vent soulevait sa jupe, dévoilant ses jambes fines.

— Hello, Lucie, tu vas bien ?

— Oh oui ! Je viens de la piscine, j'aurais tort de me plaindre, et toi, Laurenne ?

— Tu m'épates. J'ai eu trois heures de cours difficiles ce matin, mais ça va.

— On pourrait aller nager ensemble, ça te dirait ?

— Formidable ! Attention, Lucie, je ne suis pas une super nageuse.

— Ne t'inquiète pas, moi non plus.

Laurenne est surprise, elle avait catalogué Lucie dans les pimbêches ou les lunatiques.

Tout à coup, la sonnette de retour en classe retentit. Chaque fois, Laurenne sursaute, elle ne s'y habituera jamais.

— On en reparle, Lucie ?

— Oui, Laurenne. Donne-moi ton numéro, je t'envoie tout de suite un SMS.

Le nez dans son téléphone, Laurenne met quelques secondes avant de s'apercevoir que Lucie a disparu.

Pourquoi est-elle encore plantée là alors que les collègues sont déjà devant leur bureau ? Cinq minutes pour se rendre dans la classe B209, bâtiment B, deuxième étage, comme souvent, elle arrivera juste à l'heure, au pas de course, et les élèves souriront, ils l'aiment bien.

— Eh, Madame, il n'y a pas d'urgence, nous avons tout le temps !

La journée se déroule dans le brouillard comateux des journées sans fin. Parfois réapparaît fugacement derrière le sourire d'une élève celui rassurant de Lucie. Le temps amène Laurenne jusqu'à 16 heures, la fin de ses cours. Malgré la fatigue, elle essaie de corriger quelques copies, mais son esprit est ailleurs, s'échappe. Elle entend dans le couloir la cavalcade et les exclamations des élèves pressés qui sortaient des classes. Aller à la piscine avec Lucie ? Elle ne voit vraiment pas quand elle pourra, bon, elle se débrouillera. Penser à Lucie, la réconforte, enfin un imprévu dans la mécanique bien rodée de sa vie !

Il est plus de 19 heures quand Laurenne sort du lycée après cet interminable conseil de classe : les parents chipotent et font des allusions ; les profs se sentent visés, essaient de se justifier ; les délégués-élèves revendiquent *parce qu'en fin de journée deux heures de math, c'est vraiment épuisant* ; le proviseur et le conseiller d'éducation tentent de ménager tout le monde et de trouver des excuses, *car vu le nombre d'élèves, de professeurs et de classes on ne peut absolument rien changer à l'emploi du temps*. L'opinion de Laurenne, en tant que prof principale, est parole d'évangile. On ne badine pas et on ne discute surtout pas avec les maths et elle peut dire sans crainte que certains élèves ne travaillent pas assez !

Dans sa voiture, elle réactive son portable. Il y a un message de Lucie : *Hello, Laurenne, à bientôt ?* Laurenne chantonne, *Téléphone-moiaa, appelle-moi... et dis-moi que tu m'aimes, que tu...*

La chanson tourne dans sa tête, machinalement elle met la radio, sélectionne France-Musique et c'est tout de suite une bouffée de bonheur quand elle reconnaît les variations Goldberg, cette merveille de Jean-Sébastien

Bach. Elle essaie de deviner qui est le pianiste, Glenn Gould, Lang Lang ?

Chez Lucie, ce qui plaît à Laurenne, c'est cet éclat de lumière et de gaieté dans son regard et l'humilité qu'elle ressent chez elle. Laurenne revoit son allure désinvolte et se souvient de son langage franc et assuré. Par exemple, elle ne se plaint pas, comme c'est l'usage, des classes bruyantes, des devoirs non faits, de la lourdeur de l'administration, des collègues antipathiques, de la vétusté des classes, du ministre qui ne soutient pas les enseignants… Elle ne dira pas d'un élève qu'il est *nul,* pense Laurenne. C'est pour cela sans doute que certains l'évitent, ne l'abordent qu'avec méfiance.

Laurenne aimerait bien avoir l'audace et l'assurance de Lucie, ne pas être toujours d'accord. Au lieu de ça, elle se complaît dans l'abnégation. Son existence se dissout dans les normes et les conventions. Laurenne aimerait rire, avoir les yeux brillants, oser des cheveux courts et noirs à peine coiffés. Elle aimerait porter des bas verts sous une jupe coquette trop courte, souligner les courbes de sa silhouette, avec une pointe d'érotisme. Mais non, Laurenne, la prof de maths se cache sous son uniforme, petit tailleur sérieux de prof avec la rigueur de mise. Une femme à côté de qui on passe avec indifférence. Elle a pourtant vécu, il n'y a pas si longtemps les troublants regards de désir et parfois d'admiration. Pourquoi donc n'a-t-elle pas alors profité de son avantage ? Pourquoi ne s'est-elle pas laissée séduire par un amant de passage ? Juste une minuscule aventure dans une vie emprisonnée par un conformisme béat. Et maintenant, son corps la trahit sans vergogne, inexorablement, oh, presque rien, au fil des jours, des semaines. Même Tristan, son mari, si amoureux il y a à peine quelques mois, ne la regarde plus qu'à la dérobée, évite de l'effleurer et pire, lui tourne le dos dès qu'ils sont au lit.

À cette heure-ci, ça devrait aller, en moins de trente minutes, elle arrivera chez elle. Les phares des véhicules l'éblouissent, toujours ces chauffards qui oublient de basculer en feux de croisement. Elle doit rester attentive, respecter les vitesses limitées, parfois 30 à l'heure, c'est exagéré, non ? L'an passé, elle a perdu trois points sur son permis ! Un des prix à payer pour avoir une petite maison avec un petit terrain, au calme dans une petite ville à une demi-heure de Paris, c'est le minimum, compte tenu du marché. Tristan était prêt à aller au diable Vauvert, il ne supportait plus le bruit et l'agitation de la ville. Bien sûr, elle aussi rêvait d'un jardin, d'une forêt proche pour marcher ou faire du vélo avec sa fille, Alizée.

La Sarabande de Bach crée autour de Laurenne une bulle de quiétude. Elle évite de penser à sa journée passée. Demain, elle n'a cours qu'à 11 heures… Elle ira marcher un peu après le départ de Tristan et d'Alizée. Elle savoure déjà ce moment à elle dans la fraîcheur du matin. Respirer les odeurs de pommes sures de l'automne, surveiller le bruissement des feuilles et des branches, être surprise par le passage invisible et feutré d'un animal qui se faufile dans les broussailles… Silencieuse, immobile, elle restera stupéfaite devant un arbre à la parure verte tachée des couleurs de l'automne, jaune, rouge, brun. Elle aimerait conserver ces impressions que lui suggère la musique sans voir le scénario qui l'attend chez elle et qui peu à peu a remplacé l'exubérance des premières années. Et pourtant, elle le sait, lorsqu'elle franchira le seuil personne ne l'attendra. Alizée sera dans sa chambre, les yeux rivés sur son téléphone, en train de raconter sa vie sur Facebook ou de se filmer pour figurer sur Tiktok. Il faudra l'appeler dix fois et frapper très fort à la porte de sa chambre afin que mademoiselle consente à venir dîner. Alors elle apparaîtra, maquillée comme une star, imprégnée de son parfum coco, les doigts et les yeux collés à son smartphone, l'objet le plus précieux du monde. Il n'est pourtant pas loin ce temps quand Alizée courrait pour se jetait dans ses bras en s'exclamant *ma jolie petite maman chérie* et réclamait une histoire avant de s'endormir.

Tristan, son mari, remarquera-t-il seulement qu'elle a franchi le seuil de la maison ? Il sera certainement dans le bureau, yeux rivés à son ordinateur, préoccupé par un de ses dossiers *absolument urgents pour demain matin*, ou devant la télé. Laurenne tente de chasser ces pensées. Elle se concentre sur le miraculeux phrasé du pianiste. Elle se demande une nouvelle fois qui est l'interprète.

Elle gare sa voiture dans la rue. La lumière déborde par tous les vitrages de la maison. À l'intérieur, elle se contentera d'éteindre les éclairages inutilisés. Elle a renoncé à faire des remarques que personne n'écoute. La maison semble déserte. Laurenne monte en courant jusqu'à la chambre d'Alizée, frappe, pas de réponse, ouvre doucement la porte, passe la tête. Sa fille est devant son ordinateur.

— Tu vas bien, ma chérie ?

Pas de réponse.

— Tu as passé une bonne journée… tu n'es pas trop fatiguée ?

— Enfin, Maman, tu vois bien que j'ai une tonne de travail !

Les larmes lui montent aux yeux, sa peine profonde s'enfouit au fond de sa gorge, au creux de son ventre. Elle s'en veut de ne pas savoir réagir, de ne pas trouver ce qu'il faudrait dire, c'est un comble pour une prof. Elle descend les marches en se tenant à la rampe, Tristan est sûrement dans le bureau. Elle ouvre sans prévenir. Son mari, les yeux rivés sur l'écran, ne lève pas la tête.

— Hello, Tristan, tu as cinq minutes ?

— Écoute, Laurenne, je suis super débordé ce soir.

— Laurenne tourne le dos, s'apprête à partir.

— Tu pourrais fermer la porte, s'il te plaît !

Le silence. Machinalement, par habitude, elle va dans la cuisine avec la vague pensée qu'il faudrait préparer le dîner. De la vaisselle sale sur le plan de travail, les restes d'une collation qu'Alizée a dû se préparer, une bouteille de bière vide et un morceau de brioche à moitié entamé avec la trace des dents, les croquettes sur le sol, étalées autour de la gamelle du chat qui dort sans doute sur le canapé du salon. Lui aussi l'ignore. Elle est invisible, elle n'existe pas dans cette maison qu'elle a pourtant payée à moitié.

Tout à coup, elle ressent une colère sourde, elle hurlerait si elle en avait le cran. Non, ce soir elle ne fera pas la boniche, elle laisse la cuisine comme elle l'a trouvée, serre les dents, ferme les yeux, respire plusieurs fois. Que ferait Lucie à sa place ? Elle se murmure, *hello, Laurenne, réagis !* Ce qui l'apaise et lui fait clamer à haute voix : *Ah bon ! Puisque c'est comme ça !* Elle range avec précaution sa veste sur un cintre et son sac qu'elle avait posé à l'entrée. En premier, une bonne douche la calmera. Elle choisit le jet puissant qu'elle se passe sur la nuque, le dos, les bras, le ventre, les fesses. Comme c'est bon ! Sa rancune se dissout sous l'eau brûlante. Sa peau devient douce sous la caresse du savon et de ses mains. *Ah ! Puisque c'est comme ça !* Elle prend tout son temps. Dans le miroir, elle sourit et s'essaie à une série de mimiques qui lui donne un visage tantôt comique, tantôt radieux, un peu de crème pour effacer quelques minces rides, un trait de crayon noir au bord des paupières, un copieux brossage au mascara sur les cils teinte son regard, une touche pulpeuse de rouge sur ses lèvres, un coup de peigne dans ses cheveux et la voilà transformée et même ravissante. Elle s'éloigne du miroir pour détailler son corps. À peine rondelette, de jolis petits seins pointus. Oh, bien sûr, elle n'est pas parfaite ! Un début de peau d'orange sur les cuisses, malgré tous les produits de beauté et les fréquents massages ; au ventre et autour des hanches, un léger bourrelet, les abdominaux insuffisants, mais ce soir elle est déterminée à s'aimer telle qu'elle est.

Il est près de 21 heures, Laurenne sort tranquillement son portable de son sac, retrouve le message de Lucie, appuie sur *Appeler*, écoute la sonnerie et soudain :

— Allo, Laurenne, super, j'ai cru que tu m'avais oubliée.

Laurenne reste bouche bée une seconde. Lucie pense à elle !

— Allo, Laurenne, tu es là ?

— Oui, oui, si tu savais comme je suis contente de t'entendre, Lucie !

— Alors, c'est toujours d'accord pour la piscine ? Pour moi, c'est plutôt le mardi 10 heures à midi ou le jeudi. Tu serais dispo ?

— Super, Lucie, alors jeudi. On dit la semaine prochaine ? On se retrouve en salle des profs ?

— Parfait, Laurenne, moi aussi, je suis vraiment contente !

Leur conversation, des banalités sur le temps, le travail, continue ainsi durant au moins 10 minutes. Quel plaisir de se rencontrer, de se connaître un peu plus, et puis d'avoir ensemble un petit projet ! Quand Laurenne sort de la douche, elle retrouve Tristan sur le canapé devant la télévision, Alizée à ses côtés, nez plongé dans une vidéo sur son smartphone. Ils lèvent simultanément la tête.

— Eh ! Qu'est-ce on mange ce soir ? C'est déjà 21 heures et j'ai encore du boulot !

— Moi aussi, Maman, et j'ai une faim de ouf.

Laurenne n'a pas besoin de réfléchir, la réplique gicle :

— Ça tombe mal, les petits, moi je n'ai pas faim et j'ai un gros tas de copies à corriger.

La nuit d'Aïcha

L'air est devenu glacial, le vent la transperce, elle grelotte dans sa robe trop fine. Aïcha se recroqueville dans l'encoignure de la porte de la boulangerie. Elle croit sentir encore l'odeur de pain et de brioche. Les phares des voitures balaient de brefs instants le trottoir. Elle a peur qu'un conducteur la remarque, s'arrête. Une peur qui la rattrape et lui rappelle les journées et les nuits d'angoisse lors de son interminable voyage de Gaoual, sa ville natale en Guinée Conakry, jusqu'à Tripoli en Lybie. Elle a pourtant tenté désespérément d'effacer de sa mémoire toutes ces heures, ces journées sans eau sous le soleil torride, serrée contre tant d'autres, qui comme elle, tentaient de fuir, de ne pas mourir dans l'enfer des fugitifs. Mais comment oublier la transpiration des hommes, le poids de leur corps sur son corps, leurs mains rugueuses et sales sur sa peau, sa déchirure sous leurs désirs farouches ? Dieu était avec elle, elle l'avait tant prié, tant supplié. Sans son aide, serait-elle encore vivante aujourd'hui ?

Aïcha surveille les phares qui surgissent au bout de la longue ligne droite qui traverse Guéthary. À chaque passage d'un véhicule, elle se plaque contre l'entrée de la boulangerie. Le froid l'engourdit de plus en plus. Elle tire une petite veste de son sac, une paire de chaussettes. C'est tout ce qu'elle possède. Elle ne peut pas passer la nuit ici. Combien lui reste-t-il d'argent ? Elle calcule mentalement ce qu'elle a déjà dépensé. Aller à l'hôtel ? Il ne lui restera plus grand-chose pour acheter de quoi manger. Ils lui demanderont des papiers. Elle cherche une solution. Oh, elle a été confrontée à des situations bien plus difficiles ! Elle se souvient tout à coup d'un petit bâtiment de douche en haut de la plage. Elle a appris dans son exode à enregistrer inconsciemment de multiples indices, à développer des réflexes de survie. Elle se redresse et court avant de voir apparaître d'autres phares. Elle retrouve rapidement le belvédère, descend lentement le sentier, parfois elle bute sur une racine ou elle accroche une branche d'arbuste. Peu à peu, ses yeux s'accoutument au noir. Elle arrive près de la plage. Autour d'elle, le fracas des vagues est assourdissant. Ça ne devrait pas être bien loin. Son cœur frappe quand elle devine l'ombre des sanitaires. Elle pousse la porte qui cède facilement. Dieu est encore près d'elle. Elle a de la chance, encore une fois. À l'intérieur, elle tâtonne. Ses mains dessinent dans son cerveau l'espace qui l'entoure. Là, un lavabo, elle tourne le robinet, elle n'a rien bu de la journée. Assoiffée, elle aspire l'eau dans ses mains. À côté, une cuvette de toilette, sur la droite une douche. Dehors l'océan est déchaîné. Elle referme la porte, à l'abri du vent, il fait un peu moins froid qu'à l'extérieur, le bruit s'estompe un peu. Elle essaie de s'allonger, mais elle ne peut que se recroqueviller sur le côté en chien de fusil. La dalle de ciment est dure et à son contact, elle claque des dents. Pourtant elle est si fatiguée qu'elle s'endort d'un coup dans le froid et le vacarme.

Son sommeil est tourmenté de rêves, toujours les mêmes. Une confusion où sa vie tient du miracle, où elle se bat contre des êtres sans visage. C'est une route interminable, chaotique. Elle est assise sous le soleil de plomb sur des bidons remplis d'une eau qu'il est interdit de boire. Elle protège sa tête avec un chiffon sale qu'elle a trouvé à ses pieds dans la benne du quatre-quatre. Des couteaux, des fusils la menacent, des bâtons la frappent. Mais dans les ténèbres de ce minuscule abri, on pourrait surprendre sur ses lèvres un sourire, un autre rêve où les visages de Pedro et de la boulangère se confondent.

Un mince filet de lumière s'infiltre à travers les interstices de l'abri. Seul le bruit lointain du ressac arrive jusqu'à Aïcha. Elle ouvre les yeux. Son corps est dur, ses bras et ses jambes meurtris ont pris la forme du recoin où elle a dormi. Elle se relève en se mettant à genoux et en se dépliant lentement. Elle pousse la porte, la lumière pénètre, dehors elle voit l'océan à marée basse. Au-dessus du lavabo, un miroir lui renvoie l'image d'une femme aux yeux cernés, le visage las, les cheveux défaits, vêtue d'une robe fripée, tachée. Elle retrouve dans son sac un morceau de savon. Elle se dévêt, sous sa veste, elle n'a que sa robe et sa culotte. Elle ouvre le robinet de la douche. Sous l'eau froide, elle se frotte avec l'espoir de se réchauffer, et après tout ce n'est pas désagréable, elle ressent le plaisir d'être propre. Elle s'essuie avec sa robe qu'elle asperge ensuite et lave méthodiquement en l'enduisant de savon, puis passe à sa culotte. Elle essore le plus possible, s'habille avec ses vêtements mouillés. Au ras de l'océan, le soleil brille et promet une belle journée, le vent a tourné, c'est ce matin un vent de terre tiède qui caresse les vêtements d'Aïcha. Il ne faudra pas longtemps pour les sécher. Alors elle décide de marcher le long de la plage. Elle va jusqu'au port puis fait demi-tour de peur de rencontrer quelqu'un. Elle a une faim terrible et encore un peu d'argent pour manger quelques jours, mais elle devra rapidement trouver un moyen de gagner deux ou trois pièces. Mendier, ça lui est déjà arrivé. Ici, en France, elle se fera peut-être arrêter par la police, on lui réclamera ses papiers. Des papiers qu'on lui a volés durant la traversée du Niger ou de la Libye, elle ne sait plus. Juste avant le départ, en lui remettant le peu d'argent qu'elle possédait sa mère lui avait dit :

— Écoute bien, Aïcha, ne regarde jamais un homme dans les yeux, surtout si c'est un homme armé, un policier, un soldat. Pour un émigré ou une femme, c'est très dangereux.

Pendant ce voyage infernal, comment savoir où ils étaient, la ville, la frontière ou le désert qu'ils avaient traversé. Elle et tous les fuyards espéraient s'en sortir alors qu'en réalité ils étaient prisonniers et ne savaient rien de ce qui les attendait ? Combien ont disparu durant le voyage ? Aïcha se demande par quel miracle elle a pu survivre.

Elle marche vite pour que sa robe sèche, elle la lisse en la frottant contre son corps.

Au retour, elle s'arrête de nouveau aux sanitaires, vérifie dans le miroir qu'elle est présentable, lisse ses cheveux avec ses doigts, s'essaie à sourire, frotte son visage, elle se sent bien, elle se plaît, elle est vivante, elle est en France.

Sa montre indique neuf heures. Son petit sac à la main, elle reprend la direction de la boulangerie. Avant d'entrer, elle scrute l'intérieur au travers de la vitrine, aperçoit quelques clients, attend de longues minutes qu'ils sortent. Quand elle pousse la porte, un carillon joue une petite musique qu'elle n'avait pas entendue hier. Personne derrière la banque, elle hume les odeurs de fleur d'oranger et de cuisson. Dans le présentoir, une profusion : croissants, pains au chocolat et aux raisins, brioches, tartes aux fruits, quiches ! Et derrière le comptoir, des pains de toutes sortes sont rangés dans des casiers : baguettes, miches dorées noires, brunes, claires, ce qui décuple la fringale d'Aïcha.

— Bonjour, Madame.

Elle est surprise par une voix d'homme. Un homme bien charpenté, habillé de blanc, coiffé d'une toque, de la farine sur le nez.

— Bonjour, Monsieur, votre dame n'est pas là aujourd'hui ?

— Vous parlez de la serveuse, Muriel ? Non, ce n'est pas ma dame ! Elle sera de service cette après-midi.

— Bon, je reviendrai. Oh, je prendrais quand même un pain avec des graines, le moins cher.

— Voilà. Celui-ci, 90 centimes, le pain le moins cher de France et je vous l'offre.

— Mais pourquoi ?

— C'est une idée de Muriel. Elle m'a dit que vous viendriez peut-être aujourd'hui, elle a précisé, *une jeune femme noire très jolie.*

Un petit appartement

Elle l'avait su début mars sur sa messagerie I-Prof, une sacrée chance ! La pénurie de professeurs avait sans doute joué en sa faveur : mutation dans un lycée du 14e !

Et en ce début d'été, à deux pas, le parc de Montsouris lui avait offert la fraîcheur de ses grands arbres et les accords dissonants des oiseaux. Tout autour, Lucie découvrait des sortes de hameaux, des venelles bordées de pavillons, certains couverts de glycines et de lierre. Ce bout de campagne en pleine ville, elle ne s'y attendait pas. Les noms de rues sonnaient en chantant dans sa tête : Brillat-Savarin, Abbé Georges Hénocque, La Fontaine à Mulard, Le Moulin des Prés, La Butte aux Cailles.

Depuis l'hôtel Formule 1, 47 euros la nuitée sur internet, elle avait prospecté alentour pour dénicher dans une petite rue cet appartement à quelques minutes à pied de l'établissement. En deux semaines, elle avait trouvé ces 42 mètres carrés au quatrième, dernier étage d'une résidence un peu vieillotte, sans ascenseur, proche des transports en commun et des commerces, un miracle dans cette grande ville.

Pour Lucie, c'est un palais ! Jérôme lui dirait qu'il est mal adapté, sans grâce, trop petit. Elle, au contraire, le trouve vivant et serein, d'une gaieté qu'on ne devine pas sur les photos.

On y accède facilement en passant par un jardinet puis en montant trois marches, on ouvre alors une grande et épaisse porte en bois de chêne clair. Un vaste escalier en dalles blanches s'enroule jusqu'au sommet grâce à une belle rampe hélicoïdale en métal jaune. Malgré le prix du loyer, la proximité du parc et la grande luminosité ont convaincu Lucie. Il lui faut de la lumière dans sa nouvelle vie. Beaucoup de lumière.

Elle se souvient des fenêtres étroites de cette ferme qu'ils avaient restaurée, avec la fougue et l'espérance de leur jeune couple.

Une maison qui s'était refermée peu à peu sur eux, qui les avait engloutis au fil des années sous la quantité de travaux à réaliser, l'inconfort, les surprises et les routines du quotidien. L'érosion de leurs certitudes avait eu raison de leurs espoirs. Son mari voulait absolument tout réaliser seul, des meubles aux volets, de la plomberie à l'électricité… malgré le peu de loisirs que lui laissait son travail. Si bien que week-end et vacances n'étaient que bricolage. Lucie, accaparée par les cours, les corrections de copies… les tâches quotidiennes, aidait de son mieux. Oh, elle était dévouée, y croyait à cette belle maison qu'ils avaient imaginée. Le jardin était son domaine, mais souvent, quand il le fallait, elle assumait le rôle de petite main, poussait la brouette, peignait murs et plafonds… Leur belle jeunesse s'éparpillait, s'épuisait, s'usait ainsi dans le labeur.

Une salle de bain avec w.c. et douche à l'italienne, Lucie en rêvait et pense sans nostalgie à la baignoire glacée de son ancienne maison.

Ah, elle en avait rêvé de cette chambre sobre au parquet stratifié et une grande fenêtre qui surplombe le jardin. Elle respire profondément, se fiche de la pollution. Tout lui plaît et l'étonne. Quelle superbe simplicité ! Une pièce de vie astucieusement organisée autour d'une cuisine ouverte équipée d'une table de cuisson électrique avec deux plaques, c'est bien suffisant, d'un four, d'un frigo et d'un lave-linge ; une baie vitrée et un tout petit balcon d'où Lucie aperçoit en se penchant les arbres du parc.

Certes, plus de 1200 euros par mois, sans les charges, c'est beaucoup trop pour son salaire de prof. Elle peut espérer qu'au lycée on lui proposera quelques heures supplémentaires. Quand il a su son métier, le propriétaire, lui a fait une sympathique remise de cinquante euros.

— Avec vous, on est sûr de toucher les loyers.

Cette faveur l'a fait sourire, après tout, pourquoi pas ? Avec la soulte de son divorce, elle a investi dans un lit en 140, on ne sait jamais, un bureau bien sûr, une bibliothèque indispensable, de la vaisselle, des ustensiles de cuisine, un ordinateur et un poste de télévision. Pour le reste, elle est impatiente d'aller au marché aux puces de la porte de Vanves.

Elle n'a surtout pas voulu s'encombrer des mille babioles inutiles entassées dans son ancienne maison ni écouter Jérôme qui insistait pour qu'elle emporte tout un fatras d'objets qui pourraient lui servir, chargés de souvenirs qu'elle aimerait effacer. Non, elle veut une vie toute neuve, une vie à elle, rien qu'à elle. Elle a conservé, seuls témoins du passé, un album avec des photos de ses enfants, son *Anthologie de la poésie française* par Georges Pompidou, les *nocturnes* de Chopin interprétés par Daniel Barenboïm et *Tempête de neige*, un tableau peint par son amie Michèle… Avant de partir pour Paris, elle est même allée au Secours Catholique pour donner des caisses pleines de ses anciens vêtements : pantalons, bas, jupes, chemises, chaussures, jusqu'aux culottes et soutiens-gorge. Ici, une fois installée, et pour quelques dizaines d'euros, elle a reconstitué une garde-robe à la mode dans les friperies.

Avec son mari, l'habitude et l'amertume avaient lentement pris toute la place. Ce qui avait enthousiasmé Lucie lorsqu'elle avait rencontré Jérôme ? Tout d'abord sa beauté d'homme, sûr de lui, son allure provocatrice sous une désinvolture apparente ; sa vivacité d'esprit et sa séduction spontanée dont il avait sans doute conscience, qui faisait glisser vers lui le regard des femmes ; elle avait été jalouse, puis fière d'avoir attiré son attention. La méticulosité systématique, la curiosité obsessionnelle, l'activité permanente de Jérôme, Lucie ne les avait découvertes que par la suite. Des qualités qui, les premières années de leur union, la rendaient admirative, mais qui l'accablaient à présent. La sollicitude démesurée de son mari l'exaspérait, jusqu'à l'écœurement. Pourtant, elle avait tout aimé chez Jérôme : sa voix grave, ses lèvres onctueuses, sa salive sucrée, son odeur, oui, même son odeur de transpiration et son interminable bavardage quand il revenait de sa partie hebdomadaire de tennis et qu'il fanfaronnait en détaillant le quatrième point du dernier jeu du troisième set de sa mémorable partie avec son vieux copain de promo, l'histoire la faisait rire alors.

Chaque jour plus aigre, la lassitude s'accumulait. Le désir avait progressivement déserté le corps de Lucie, puis la tendresse. Elle avait espéré qu'il ne s'agissait que d'un mauvais passage que le temps du bonheur reviendrait. Comment l'expliquer ? Elle vivait à côté de cet homme sans le voir, esquivait le contact de sa main. Chaque heure près de lui devenait une éternité. Durant les nuits insomniaques, dos à dos, elle évitait de l'effleurer, redoutait les gestes de l'amour. À l'aube, des larmes aux paupières, elle fuyait le lit. Pourtant, Jérôme multipliait les cadeaux : un gros bouquet de fleurs, une pâtisserie, des places de théâtre, une table dans un restaurant, ce qui amplifiait la culpabilité que ressentait Lucie. Qu'avait-elle à lui reprocher ? Rien. Il était un mari fidèle, un père adoré par ses deux fils. Et ses enfants ? Comment pouvait-elle être indifférente à toute l'attention que Jérôme leur accordait ?

Ce qui restait d'affection entre Lucie et Jérôme s'était inexorablement transformé en une vieille mécanique aux rouages usés. Ils n'avaient pas encore 50 ans !

Elle avait proposé de s'installer dans la chambre d'amis. Ces amis qui les uns après les autres les avaient abandonnés. Pensez donc, ce couple sans sourires, sans joie, sans amour, on le voyait bien que ça n'allait plus entre eux, on en parlait dans le village. Jérôme avait, sans se défendre, accepté la procédure de divorce, sans un mot avec une résignation inexplicable. Il avait déjà fait tant de concessions. Elle aurait préféré qu'il se fâche, qu'il crie, qu'il se rebelle, qu'il l'empoigne, au moins qu'il se défende. Mais non, elle savait maintenant qu'il exécrait la colère et le conflit. Lui aussi fuyait. Elle ne pourrait plus vivre longtemps ainsi. Elle mesurait devant elle le long chemin fastidieux, incapable de le poursuivre avec cet homme qu'elle avait tant aimé. Le père de leurs enfants.

Arthur et Ludovic, eux, avaient suivi la voie subtile et rigoureuse tracée par leur père jusqu'aux grandes écoles. Aujourd'hui, ils ont d'autres préoccupations que les émotions de leurs parents !

Dans sa demande de mutation, elle avait inscrit : *Académie de Paris,* et en premier choix, *Paris*.

Dès le début des grandes vacances, elle s'était rendue à son nouveau lycée, déserté par les professeurs et les élèves. Le proviseur l'avait reçue, agréable, mais préoccupé, lui aussi avait besoin de vacances.

— Je dois vous dire, Madame Giraud, que nous sommes dans un lycée, presque familial, qui tient à sa réputation.

— Ça me plaît, Monsieur le Proviseur.

— Je vous précise cependant que nous visons un objectif moyen de 94 % de réussite au bac avec 50 % de mentions, si vous me comprenez ?

Elle comprenait, un bref entretien interrompu dix fois par le téléphone.

— Ne vous inquiétez pas, Monsieur le Proviseur, je ferai le mieux possible.

— Euh… J'ai étudié votre dossier… très élogieux, Madame Giraud. Vous travaillerez en équipe, vous verrez, avec des collègues compétents et sympathiques.

Les emplois du temps n'étaient pas encore tout à fait terminés, elle connaîtrait le sien en septembre, comme tout le monde.

— Parfait, alors à la rentrée, merci, Monsieur le Proviseur.

— Au revoir, Madame Giraud, je vous souhaite un bon été.

Malgré sa réserve, il lâcha un sourire. Elle lui plaisait, cette nouvelle enseignante !

Elle s'était imprégnée des lieux, le cœur battant, des frissons sur la peau et déjà tous les détails se gravaient dans sa mémoire : la façade de vieilles pierres blanches, la large et belle porte vitrée de l'entrée principale surplombée d'étranges armoiries et le drapeau français qui flottait sous un vent frais, la cour ombragée par le vert lumineux des feuilles de châtaigniers, les salles de classe aux fenêtres à grands carreaux…

Jérôme avait accepté le divorce avec sa résignation habituelle. Résignation ou indifférence ? Lucie avait espéré un sursaut, une révolte, une ultime tentative, mais il était d'accord sur tout… Elle aurait préféré avoir des regrets, ressentir la déchirure de leur séparation, ce qui arrive toujours dans les romans. Mais eux étaient sortis indifférents du bureau du juge, s'étaient embrassés sur les joues comme de vieux amis et avec un au revoir poli.

— On se téléphonera ?

— Oui, bien sûr, on se retrouvera peut-être…

Une invitation ? Elle revoit Jérôme s'éloigner lentement avec sa désinvolture habituelle, le dos seulement un peu plus voûté… Allait-il se retourner ? Bon sang, qu'espérait-elle encore ? Il avait disparu en bifurquant dès la première rue sans l'esquisse d'un regard. Elle avait eu une petite boule au ventre et en même temps, quel soulagement ! Tout à coup, elle se sentait légère. L'avait-il vraiment aimée un jour ? Elle devinait très exactement ce qu'il ferait après son retour chez eux, qui ne serait plus chez elle : l'endroit précis où il garerait sa voiture ; l'ordre habituel dans lequel il effectuerait chaque tâche, comme ranger la vaisselle du petit-déjeuner qu'ils avaient pris ensemble ; récurer à fond et essuyer l'évier avec un chiffon afin qu'il ne subsiste ni tache ni reflet ; calculer ce que lui rapporteraient ses investissements de cette année ; évaluer si la réserve de bois serait suffisante pour l'hiver prochain ; penser peut-être à la remplaçante. Avait-il déjà fait son choix ?

Lucie flânait dans les rues et les parcs, il lui arrivait souvent de fredonner sa joie qui débordait : *À Paris, quand un amour fleurit, ça fait pendant des semaines deux cœurs qui sourient, tout ça parce qu'ils s'aiment, à Paris…* Elle voyageait sur toutes les lignes de métro aux noms magiques : Montparnasse Bienvenüe, Louvre Rivoli, la Sorbonne, Rue du Bac, Assemblée Nationale, Pont Neuf, Concorde, Madeleine, Saint-Lazare, Pigalle, Poissonnière…

Seulement préoccupée par sa recherche d'appartement et sa garde-robe. Elle contemplait, des minutes entières, le ciel au-dessus des bâtiments, s'arrêtait à la terrasse d'un bistrot, le visage face au soleil. Elle savourait ces instants rien qu'à elle, respirait avec délectation les effluves des automobiles, attentive aux vrombissements des moteurs. Elle se perdait dans l'anonymat, le tumulte et l'agitation des foules, dans les files d'attente des musées. Elle imaginait avec fébrilité la rentrée scolaire, ses surprises, ses intrigues, ses mystères qu'elle devrait éclaircir : les classes qui lui seraient confiées, les collègues inconnus, les vicissitudes et les méandres de l'administration. Elle sentait grandir en elle cet appétit propre aux grands voyages. Une vie qui déjà recommençait avec l'incertitude et l'insouciance qu'elle avait connue lors de sa première année d'enseignante quand, jeune titulaire devant la salle A102, elle attendait ses premiers élèves, le ventre noué en pensant à son cours sur les « *Européens dans l'histoire du monde* ». Une deuxième chance !

Septembre, la rentrée, enfin ! Dans son nouveau lycée, elle agit avec prudence, fait en sorte de ne pas s'attacher spontanément à ses collègues, de garder une distance. Une attitude qui l'isole sans doute un peu, mais tant pis. Elle veut jouir de l'expérience acquise, laisser les autres se livrer, se ménager le temps de la réflexion, se méfier. Ne pas tomber dans les pièges que lui tendrait son indépendance. Ne pas céder à la séduction des hommes, des chasseurs qui tenteraient leur chance et poseraient leurs pièges. Elle n'est pas dupe. En historienne avertie, elle décode les approches feutrées.

Pourtant, que subsiste-t-il au fond des coins secrets de son corps ? À cinquante-deux ans, éprouvera-t-elle encore du désir ? Elle ne s'en inquiète pas et se sent bien ainsi, débarrassée, espère-t-elle, de cette dépendance. Cependant, elle soigne son élégance, par respect pour elle-même et ceux qu'elle rencontre, pour le regard des autres, pour prolonger l'allégresse de sa vie présente. Des évènements simples suffisent à la rendre heureuse : des élèves curieux, un sourire inattendu, un carré de chocolat, une conversation, un restaurant imprévu avec une collègue sympathique ; enfouie sous sa couette, sur un plateau, un verre de bourgogne et une pizza napolitaine bourrée d'anchois et de câpres, regarder un film d'amour sur TF1 ou l'irrésistible François Busnel et sa *Grande librairie.* Elle a décidé de trouver le bonheur en elle-même, sans avoir besoin de personne. Mais une rencontre ? Et si cela arrivait, cerise sur le gâteau ! Le week-end, elle savoure les longues heures solitaires, l'odeur nouvelle de cet appartement. Elle erre sans idées : corriger quelques copies, se préparer une gourmandise, lire un bon bouquin ? Elle flâne en pyjama jusqu'à midi, reste derrière la fenêtre à contempler la rue, les passants. Elle jouit de sa nouvelle adresse et de la plaque neuve sur sa boîte aux lettres avec son nom de jeune fille : Lucie Giraud. Vivra-t-elle longtemps à Paris ? Elle fait à présent partie du quartier, s'arrête au bar du coin où le patron la reconnaît et où elle savoure lentement un café. Des clients s'assoient à la table voisine, des habitués la saluent, des piétons croisent son regard, des livreurs de repas à vélo roulent avec leur gros sac cubique. Elle marche durant des heures, se métamorphose en Parisienne, mais reste attentive aux altercations. Elle prend la pulsation de la ville, adopte son rythme, quand tout peut être entrepris à n'importe quelle heure : entrer dans un cinéma ou oser passer la soirée à Pigalle chez *Madame Arthur*, acheter à minuit des *baklavas* et des *zlabias* à l'épicerie orientale. Ici, tout est vaste, parfois inquiétant, parfois rassurant, des ombres furtives apparaissent et s'évanouissent dans le mystère de leur vie ; des faisceaux de phares, des vitrines soulignent l'élégance d'une femme, la démarche souple d'un homme. Elle découvre le recoin d'un clochard et son tas de couvertures, laisse deux euros dans sa gamelle ; les vendeurs clandestins offrent des trésors pour quelques pièces, tout sourire sur leur visage et dans leurs accents d'ailleurs ; les costumes-cravate et ordinateurs portables prennent le métro de la Défense ; les odeurs d'urine et de tabac se confondent avec celles de parfums éphémères. Elle se faufile, agile, dans cette ville où personne ne la connaît, ne lui demande de ses nouvelles. Elle rêve, fait des projets désordonnés : aux vacances de Noël, une semaine dans un chalet entouré d'une grosse épaisseur de neige, même si elle n'en a pas les moyens. Elle pourrait apprendre à skier. Ce serait peut-être camper l'été prochain en Auvergne et danser dans un festival. Cet hiver, pourquoi ne pas s'acheter un pull irlandais en grosse laine ? Et si elle tombait amoureuse, *Au printemps, sur les toits les girouettes tournent et font les coquettes…*

Elle est fière de sa belle assurance. S'encombrer d'une présence ? Voir son équilibre balancer… Ce qu'elle aimerait ? Une amie ? Un ami ? Ça ne fonctionne pas l'amitié entre un homme et une femme. Enfin… c'est ce qu'elle croit. En réalité, elle n'en sait rien. Des idées toutes faites.

Laurenne ? Ce serait une chance si elle s'entendait avec elle, si ensemble elles pouvaient partager des petits moments. La piscine, et quoi encore… Lucie se rend compte que cette liberté toute neuve, c'est aussi une solitude. Bientôt Noël, ses garçons viendront-ils la voir ? Iront-ils chez leur père ? Et si Jérôme organisait les fêtes et qu'il l'invitait ? Ils ne sont pas fâchés après tout, ce serait plus simple pour les enfants. Elle irait aussi voir sa mère qui habite la région.

Le premier trimestre est bientôt terminé, avec ses bulletins d'élèves à remplir ! C'est plus long et plus compliqué maintenant que tout est informatisé. Elle a hâte de connaître l'ambiance des conseils de classe.

Une soirée est prévue pour fêter les vacances. Elle hésite à s'y rendre. Seule, elle risque de s'ennuyer, elle ne connaît pas vraiment ses collègues ni les gens de l'administration, ce serait une bonne occasion après tout. Dans son ancien établissement, elle avait souvent participé à ce genre de retrouvailles. C'était sympathique et elle avait ainsi noué des amitiés imprévisibles. Laurenne ira-t-elle à cette fête ? Elle n'ose pas lui poser la question. Celle-ci ne lui a rien dit. A-t-elle des enfants, un mari, où vit-elle ?

Dans sa boîte mail, elle trouve l'invitation de l'amicale pour le vendredi, veille des vacances, un planning pour s'inscrire et indiquer la spécialité apportée, sucrée, salée.

Elle réfléchit. Elle a pris quelquefois des décisions spontanées qu'elle a ensuite regrettées, elle se méfie. En attendant, elle consulte ses autres emails. Sa mère, quatre-vingt-deux ans, s'en sort bien avec internet. « *Bravo, Maman, je t'envoie quelques photos de mon appartement. Ce qu'on voit depuis mon balcon, c'est le parc Montsouris, un grand parc de plus de 15 hectares, tu te rends compte ? Avec des arbres extraordinaires, une multitude d'oiseaux, des chemins, des plans d'eau. Incroyable, en plein Paris ! Ça te plairait. Je vais y courir une ou deux fois par semaine. Je t'appelle dès que je peux. On se voit sur Skype en attendant ? Gros bisous, à bientôt, petite Maman chérie.* »

De sa boîte de réception, elle supprime tous les courriers indésirables ou inutiles. Le lycée commence déjà à l'envahir avec les messages des collègues, de l'administration, des élèves et parfois des parents.

Lucie revient sur le planning de la soirée. Laurenne vient de cocher la case « *sucré* » et « *seule* ». Lucie pense : *salé*, sa spécialité, des légumes et fruits de saison en lamelles, de la charcuterie, du pain en petits morceaux, dans un grand plat. Ça plaît toujours et, placé en évidence à l'apéro, c'est englouti en cinq minutes.

Si Laurenne s'est inscrite, alors… Lucie écrit son nom et coche les cases : *salé ; seule.*

Elle a à peine cliqué sur *envoyer* que son portable résonne. Un nouveau message de Laurenne : *Hello, Lucie, j'irai à la fête du lycée vendredi soir. Tu viendras ?* Elle répond tout de suite : *super, Laurenne ! Je viens de m'inscrire. Lucie.*

Marée basse

Avoir bêtement manqué le rendez-vous ! Il s'en veut. Pourquoi ce mal-être, cette tristesse ? Pedro, que connais-tu de la tristesse ? C'est ce qu'il ressentait quand Papa partait plusieurs jours pour son travail. Il n'y avait plus alors de chef de gare pour diriger les trains dans le labyrinthe des aiguillages au-dessus de son lit. Et pour s'endormir, il lui manquait la voix grave et réconfortante de son père qui lui racontait souvent les aventures rocambolesques d'attaques de trains, au Texas, par les cavaliers kiowas et comanches ; ou bien, en Angleterre, le guet-apens du Glasgow-Londres par les *South Coast Raiders, le casse du siècle* des années 60 ; et en France, durant la Seconde Guerre mondiale, le braquage époustouflant de la Banque de France par les maquisards. *Imagine, Pedro, ils arrêtent le train à la gare de Neuvic, une station isolée en pleine campagne entre Périgueux et Bordeaux. Ils transportent cent cinquante sacs de billets, plus de deux tonnes, dans deux camions. Finalement, pas très loin d'ici !* Papa connaissait bien d'autres anecdotes, en Inde, au Brésil… des romans qu'il fabulait et qui faisaient voyager Pedro dans le monde entier.

Maman veillait sur lui, bien sûr. Pour le consoler, elle lui chantait l'éternelle chanson d'Henri Salvador, *Une chanson douce* qui l'enveloppait de sa tendresse. Cette tristesse, il l'avait ressentie aussi quand sa mère avait été malade, des semaines durant lesquelles il l'attendait chaque jour. Son père le rassurait en disant qu'il s'agissait d'une infection banale, qu'elle reviendrait bientôt. Maman n'avait rien dit non plus à son retour de l'hôpital. Pedro avait bien remarqué son visage amaigri et aperçu un pansement qui dépassait de son chemisier lorsqu'elle se penchait vers lui. Il avait eu peur qu'elle ne disparaisse comme la mère d'un bon copain d'école qui n'avait pas pu retenir ses larmes, devant toute la classe.

Cette nuit, ce que ressent Pedro, la tête appuyée sur le volant de sa voiture, seul sur le parking du belvédère de Parlementia, est d'une autre nature, incisive, angoissante. Le froid l'engourdit, l'océan gronde, son cœur frappe des coups sourds. Depuis combien de temps est-il ainsi prostré ? Il somnole puis s'éveille en grelottant. Une fois encore il sort du véhicule, fait le tour de la petite place et parcourt une partie du chemin qui descend vers la plage. Il ne la retrouvera pas, elle ne s'aventurera jamais ici, en pleine nuit ! Il appelle, il crie même : *Aïcha, ohé, Aïcha* ! Aussitôt, sa voix disparaît dans le fracas des vagues. Il ne va quand même pas passer la nuit ici !

Chez lui, il s'applique à effectuer ses rituels. Il prépare ses documents et ses vêtements pour le lendemain, règle son alarme pour sept heures, vérifie qu'il reste bien du pain pour le petit-déjeuner, consulte son agenda, prend la douche, se glisse dans son grand lit froid et vide... Mais Aïcha ne le quitte pas, elle reste derrière tout ce qu'il fait. Il essaie d'imaginer : peut-être se souviendra-t-elle du rendez-vous et sera-t-elle demain au belvédère à 18 heures. Il espère s'endormir, mais jusqu'au petit matin, la nuit le tient éveillé. Terrassé, il plonge tout à coup dans un lourd sommeil sans rêves.

Le portable continue de sonner plusieurs minutes avant de réussir à sortir Pedro de sa torpeur. Mais ça y est, il a son plan. C'est certain, vers midi il retrouvera Aïcha au belvédère ! Elle reviendra, c'est certain. Il déjeune de bon appétit : larges tartines de pain grillées, copieusement recouvertes de beurre et de confiture, la délicieuse confiture que sa mère ne manque pas de faire chaque été avec les fruits du jardin, surtout celle avec les grosses cerises noires d'Itxassou. Il part joyeux, plein d'entrain pour son bureau en fredonnant en boucle un des airs obsédants qu'il répète en ce moment à la clarinette et qu'il interprète avec son petit orchestre de jazz : *mi la do mi mi ré# mi do si la*… La voiture n'a pas le temps de chauffer qu'il arrive déjà au coworking tout proche. En entrant, il hume l'odeur veloutée du café que Valérie ne manque jamais de préparer pour les locataires des espaces de travail. Elle l'accueille avec son sourire habituel et cette légère tristesse qu'elle porte encore ce matin au fond des yeux. Pedro n'a pas oublié qu'il lui a promis un déjeuner au restaurant, mais pas aujourd'hui, il voudrait être libre à midi. Il lui faut trouver une excuse pour reporter son invitation. Valérie a déjà installé un plateau avec deux tasses et des viennoiseries. Elle connaît bien ses routines, ses goûts. Comment se défiler ? Un petit mensonge ? Lui dire qu'il doit se rendre au magasin de jouets de Monsieur Demair ? Elle le saisit familièrement par le bras.

— Euh, Pedro, désolé, je ne peux pas déjeuner avec toi. Je dois récupérer ma fille à l'école, un problème de cantine.

— Pas grave, on remet ça à un autre jour ? Ah bon, tu as une fille, Valérie ?

Bon sang, tu as de la chance, Pedro, mais tu as encore gaffé. Elle a une fille !

— Oh, excuse-moi, Pedro, je ne t'en ai jamais parlé !

— Ce n'est pas grave, et comment elle s'appelle, ta petite, elle a quel âge ?

— Clotilde, elle a six ans.

— Je suis content, elle est doit très mignonne, je suppose.

Pedro jette discrètement un coup d'œil sur l'annulaire de la main gauche de Valérie.

— Ce n'est pas la peine de chercher, Pedro…

Le voilà piégé, elle remarque tout et comprend le moindre regard. C'est sans doute la première fois qu'elle se confie à lui.

— J'y tiens, il faut absolument qu'on déjeune ensemble !

— D'accord, Pedro, c'est possible la semaine prochaine ?

Bientôt neuf heures, c'est le moment où les autres locataires vont arriver. Si Pedro veut avancer son projet pour le magasin et être à midi au belvédère, il doit filer en vitesse à son bureau.

Il déballe son ordinateur, relit ses notes, consulte les dimensions, les photos qu'il a prises hier chez son client. C'est presque instantané, dans son esprit, les plans se dessinent, ils sont clairs. Il lui suffit de les esquisser concrètement, une question de deux ou trois jours. Il espère que son devis sera accepté. Penser à Aïcha lui donne un entrain surprenant. Elle aura certainement, elle aussi, envisagé de revenir à l'endroit où ils se sont rencontrés, c'est ce qu'il y a de plus logique, non ? Les heures passent à une vitesse folle, bientôt 11 heures. Juste le temps de classer et sauvegarder ses travaux, de prévenir Valérie qu'il ne reviendra qu'en début d'après-midi et de partir en évitant de bavarder.

À midi moins dix, il se gare sur une place libre devant la boulangerie, descend en courant. En deux minutes, il est au belvédère, il est sûr qu'elle sera là. Elle n'est pas encore arrivée, mais il imagine la gracile silhouette moulée dans la robe rouge, son sourire dès qu'elle le verra… Ils ne pourront pas se retenir, ils se précipiteront l'un vers l'autre.

Il s'adosse à la rambarde de manière à englober tout l'espace dans son champ visuel, heureux de sentir ce si agréable soleil automnal. Elle va surgir, là juste en face, il n'y a pas d'autre chemin. Il lui dira combien il est désolé pour hier soir. Il lui dira qu'il n'a pas cessé de penser à elle, il lui dira sa joie de la retrouver, il risquera un compliment sur sa beauté, proposera d'aller déjeuner au petit restaurant de la plage, il aura mille questions… Il aimera tout connaître d'elle, il lui prendra la main… Il lui trouvera un travail.

Un bref instant, il explore l'océan, la marée monte, quelques bateaux minuscules attendent son arrivée. Tiens, sur la plage, il y a encore cette femme avec son cerf-volant, sûrement Carlina. Tout à coup surgit un souvenir d'enfance, il la revoit un jour semblable à aujourd'hui, au même endroit avec son grand-père. Comme il a envié leur jeu et leur complicité !

Pedro, ferme les yeux quelques secondes, respire les odeurs de la marée basse. Il attend l'apparition d'Aïcha, marche vers la rue, se penche pour scruter jusqu'au virage, reviens, puis décide de remonter jusqu'à la route nationale, il regarde à droite, à gauche. Il jette un coup d'œil sur sa montre, bientôt une heure qu'il attend. Ce n'est pas possible, bon sang ! Qu'est-ce qu'elle fait ? C'est pourtant simple ! Il s'en veut de s'emporter. *Tu n'es qu'un enfant gâté*, lui reprochait sa mère. Et si Aïcha ne venait pas ? Et si elle n'avait pas envie de le revoir ? Et si elle avait oublié ou n'avait pas retrouvé le chemin ? Elle a sans doute eu un contretemps ? Et si la rencontre d'hier ne signifiait rien pour elle, elle a peut-être même trouvé un travail et n'a plus besoin de lui ?

À 13 heures 30, Pedro doit se faire une raison, elle ne viendra plus. Il ne doit pas arriver trop tard au bureau, il a encore du travail avant de terminer le projet Demair. Il remonte la petite rue d'un pas pesant. Il tentera de nouveau sa chance ce soir. Devant la boulangerie, il regarde distraitement la vitrine. Muriel, la serveuse, installe des pains dans les rayons. Elle l'aperçoit, lui fait un petit signe d'invitation et vient lui ouvrir la porte. Alors il entre, c'est vrai, il a besoin d'une présence, il n'a rien mangé depuis ce matin, un sandwich et un gâteau feront l'affaire, quelques mots avec Muriel le réconforteront. Elle sait peut-être quelque chose.

— Tu es encore là, Pedro, en congé ?

— Oh non, Muriel, il faut que j'y aille ! Mais j'ai un petit creux. Tu me mets un gros sandwich et une brioche ?

— Tu veux boire quelque chose ?

— Un café serait parfait...

Il règle l'addition. Elle se démène et en deux minutes tout est prêt, la brioche est encore chaude. Elle installe tout ça sur une petite table prévue pour les habitués et s'assied en face de lui.

— Tu es sur quoi en ce moment, Pedro ?

— À Biarritz, tu dois connaître le magasin de jouets ?

— Oh, je le connais, bien sûr ! Gamine, si tu savais, comme j'ai rêvé devant la vitrine. Ensuite, je grimpais à toute allure jusqu'au premier étage, celui des modèles réduits de voitures et des puzzles. C'est bizarre pour une fille, non ? Mes parents s'obstinaient à vouloir m'acheter une poupée… À l'époque, c'était le père Demair qui était patron.

— Figure-toi que son fils, Laurent, m'a demandé un projet de restructuration. Dis-moi, Muriel, tu n'aurais pas aperçu une belle fille noire dans les parages ?

Muriel hésite. Elle a confiance en Pedro, mais quel bavard ! Cette jeune femme, est-elle en règle ? Les migrants qui transitent par l'Espagne pour venir en France n'ont souvent aucun papier et ici, au Pays basque, les rumeurs galopent. Les étrangers, surtout les Africains, ont vite fait d'être repérés et reconduits à la frontière, s'ils ne sont pas renvoyés dans leur pays. Alors, Muriel préfère se taire.

— Une belle fille noire ?

— Oh, à toi, Muriel, je peux t'en parler. Cette fille, je l'ai rencontrée sur le belvédère. Elle cherche du travail, j'ai proposé de l'aider à en trouver, mais en réalité… Et puis elle a disparu, tu n'aurais pas une idée pour la retrouver ?

Le prix à payer

Ce matin, le boulanger avait rajouté :

— Je dirai à Muriel que vous êtes passée, Mademoiselle euh…

— Aïcha, Aïcha Bangoura.

— Moi, c'est Sébastien. Muriel sera là après 14 heures. Je crois qu'elle aimerait bien vous revoir.

Le pain encore chaud collé à sa poitrine, enveloppé dans un sac en papier, Aïcha reprend joyeusement le chemin de la plage. Elle est en France, ce pays où un boulanger vous offre un pain avec un sourire, sans rien vous demander. Elle cherche une dalle à l'abri du vent. Elle s'adosse au rocher, déchire le pain avec ses mains. Comme c'est bon, cette mie tendre sous la croûte croustillante qui craque sous ses dents ! Les vagues se brisent au loin sous le soleil et brillent d'une multitude d'arcs-en-ciel qui semblent lui murmurer : *souviens-toi ! Les vibrantes Douleurs dans ton cœur plein d'effroi…* Un poème français qu'Aïcha avait appris au lycée français Albert Camus de Conakry sans en mesurer l'effroyable prédiction.

Elle se souvient…

On l'avait facilement repérée en tête du cortège des manifestants de son lycée, vêtue du tee-shirt jaune du parti. Aïcha ne connaissait rien à la politique, elle était avec ses copines, sans savoir vraiment pourquoi et ne se rendait pas compte du danger. Elle ne savait pas encore ce que cela signifiait d'être incarcérée, mais très rapidement on lui avait fait comprendre que c'était très grave de s'opposer au gouvernement en place. Chez sa mère, les policiers étaient venus l'arrêter, elle figurait sur les photos de la manifestation. Ils lui avaient laissé cinq minutes pour préparer son petit sac : une robe, un chemisier, une culotte, sa trousse de toilette avec une boîte de préservatifs que lui avait glissée discrètement sa mère. Prévenante, celle-ci lui avait déjà expliqué, il y a longtemps, comment s'en servir, le poser et ensuite le retirer, comment frotter l'emballage avant de l'ouvrir et Aïcha s'était souvent entraînée pour être rapide et efficace.

À la prison de Boké prévue pour trois cents détenus, ils sont un millier, hommes et femmes réunis. Aïcha se revoit au milieu des autres prisonnières dans une cellule conçue pour dix, alors qu'elles sont plus de trente. Il n'y a pas assez de lits, elles se couchent serrées les unes contre les autres, elles dorment assises contre un coin de mur, la nourriture arrive périmée, les toilettes saturées débordent. La puanteur est permanente. Et que sont ces cris qu'elle entend au milieu de la nuit ? Les rumeurs passent de bouche à oreille : un jeune, dénommé Amadou Oury est décédé, d'une occlusion intestinale, paraît-il ; il y a trois jours, Roger Bamba, lui, est mort d'une maladie mystérieuse ; et Maria Diallo, Thierno Ibrahima… on ne sait pas, ils ont disparu brusquement.

Elle ressent avec angoisse la convoitise des geôliers exaspérés par sa beauté. *Surtout, ne regarde jamais les hommes dans les yeux* lui avait répété sa mère. Aïcha les observe à la dérobée, essaie de deviner leurs intentions, de déjouer leurs pièges.

Cela a commencé par des effleurements, puis des billets froissés qu'on lui passait pour des rendez-vous en échange de… Avec un homme, il y a toujours un prix à payer pour le moindre service, disaient les plus âgées qu'elle. Après tout, c'est ainsi pour les femmes, ça fait partie de leur sort. A-t-elle bien conscience des risques qu'elle court ? De toute façon, elle sera obligée de céder sinon ce sera la torture et pour finir le viol. Il vaut mieux donner du plaisir à ces rustres. Pas la peine de faire des manières !

La tête appuyée contre les barreaux, elle essaie de se soustraire aux odeurs suffocantes de la cellule. Elle n'est pas la seule, on se bouscule pour obtenir un tout petit espace et un peu d'air. Soudain, Aïcha entend près de l'ouverture une voix d'homme, des intonations qu'elle connaît. Elle réfléchit à toute allure, c'est Adama, un ami de sa mère, elle en est sûre. Alors elle l'appelle : Adama, Adama, Adama… Elle le cherche des yeux. Il porte l'uniforme des gardiens. Lui, il fait comme s'il n'a rien entendu, mais il s'approche et murmure :

— Tais-toi, Aïcha, je passerai cette nuit. C'est mon tour de garde. Je ferai glisser des petits cailloux par la fenêtre. Prépare tes affaires.

Elle a rempli son sac et installé avec précaution son préservatif. En se faufilant et en poussant une autre femme, elle s'accroupit sous la fenêtre, sans montre, sans repère. Saturé de mille bruits, de soupirs, de ronflements, de cauchemars, le temps impalpable s'écoule avec la peur de s'endormir, de rater le rendez-vous. Elle se pince les bras, se gifle, change de position… des heures sans fin.

La chute d'un caillou l'éveille, puis un autre. Elle entend murmurer :

— Aïcha… j'ai ouvert la porte, dépêche-toi.

L'espoir, la joie et l'angoisse lui brûlent le ventre. Dehors, Adama l'attend. Il l'entraîne en rasant les baraquements. Aïcha sent l'air doux, mais aussi la tension dans la voix de l'homme.

— Aïcha, nous avons peu de temps.

Il ouvre une porte, allume une lampe de poche et balaye la pièce. Un espace d'à peine quatre mètres occupé par une banquette et un lavabo.

— Écoute bien. Personne ne doit savoir que je t'ai aidée. Maintenant, déshabille-toi.

Le prix à payer ! À même le sol, elle se laisse faire et même le caresse, l'étreint, elle a hâte que ce soit fini. Elle entend encore les paroles de sa mère : *surtout, ne regarde jamais les hommes dans les yeux* ; et aussi les recommandations des autres détenues : *accepte et donne-lui du plaisir, tu verras, il sera doux comme un agneau.*

Quand ils se relèvent, Adama lui prend affectueusement la main.

— Suis-moi et écoute bien. Si les policiers te retrouvent, ils te tortureront pour te faire avouer. Ils te tueront et moi aussi. Tu as six heures avant qu'ils se rendent compte de ta disparition, il faut te dépêcher.

Le corps d'Aïcha tremble de peur. Elle mesure tout ce qu'elle va abandonner.

— Ce n'est pas possible…

— Tais-toi Aïcha. Tu vas chez ta mère, tu lui demandes de l'argent, et il t'en faudra beaucoup. Pour le reste, tu prends le strict nécessaire, tes papiers et de l'eau. Tu réveilles ton frère pour qu'il t'emmène, direction Le Mali.

Adama jette un coup d'œil à la fenêtre, met un doigt sur la bouche.

— À la frontière, avant Kourémalé, vous passez par les petites routes, sans vous faire remarquer. Vous roulez jusqu'à Bamako situé à deux heures. Ensuite, je ne sais pas, tu te débrouilles.

Au fond de l'enclos de la prison, avec une pince, il cisaille un morceau de grillage.

— Passe par là-dessous. Bonne chance, Aïcha. Surtout, je t'en supplie, ne reviens jamais !

Plongée dans son cauchemar, elle s'est endormie sur le sable. Combien de temps ? Quand elle ouvre les yeux, elle entend le bruit des vagues, l'océan se rapproche. Elle respire profondément l'odeur des embruns. Elle n'avait pas remarqué le cerf-volant qui fait des voltiges dans le ciel, guidé par la femme d'hier. Elle ne se souvient plus de son visage ni de son nom. Elle ferme les yeux, cherche dans sa mémoire : Carlina ! Oui, c'est elle. Aïcha aimerait aller à sa rencontre, lui parler, mais elle reste méfiante. Elle se faufile et se cache derrière un rocher. Carlina tire lentement la corde vers elle, la queue de lamelles colorées touche maintenant le sol, puis c'est le cerf-volant qui se couche docilement.

Elle parcourt la plage du regard. Que cherche-t-elle ? Le cerf-volant rangé dans le grand carton à dessin serré contre elle, elle se dirige vers le port. Aïcha la suit à distance, se dissimule derrière une maison de pêcheur, un mur ou un arbre. Elle s'amuse en pensant aux jeux avec ses sœurs et ses voisines, il y a bien longtemps, dans son quartier à Gaoual. Carlina emprunte une ruelle qui monte très raide, tourne à droite et suit une allée d'arbres jusqu'à Guéthary. Puis elle bifurque sur un chemin jusqu'à une maison aux volets rouges, il y en a beaucoup de ce style au Pays basque. Manifestement, on l'attend, car deux personnes lui font de grands signes et elle hâte le pas. Aïcha imagine que ce sont les parents de la jeune femme. Ah ! elle aimerait tant qu'on l'attende elle aussi, elle aimerait tant retrouver ceux qu'elle aime, sa mère, ses frères, ses sœurs, ses amies. Elle s'approche le plus près possible et observe Carlina qui se dirige vers une bâtisse qui semble abandonnée, au toit recouvert d'une mousse épaisse et aux volets ouverts dont la peinture est tout écaillée. Méfiante, elle se retourne et scrute autour d'elle puis ôte une pierre du mur, prend un petit objet à l'intérieur du trou, replace la pierre. Quand elle ouvre la porte d'entrée, Aïcha comprend qu'il s'agit d'une clef. Très vite, Carlina réapparaît, referme, replace la clef dans le mur et se précipite vers la maison. Aïcha entend, provenant de la maison, la voix perçante et joyeuse d'une femme :

— Carlina, allons dépêche-toi, on t'attend, il est déjà plus de quatorze heures et grand temps de déjeuner.

— J'arrive, Maman, j'arrive !

Aïcha, dévorée par la curiosité, patiente quelques minutes avant de se glisser vers la bâtisse. Elle tâtonne, trouve la clef dans la cachette, la serrure résiste, finit par tourner. Elle ouvre, la lumière d'une grande fenêtre éclaire un décor incroyable. Au fond de la pièce, grandeur nature, un mannequin, vêtu d'une robe fendue somptueuse rouge satiné, épaules et bras nus, expose une jambe fine et blanche. Tout autour, une multitude d'étagères chargées de tissus colorés et d'outils qui servent sans doute à des travaux de couture. Au bas d'une grande table couverte de morceaux de papier marron, Carlina a posé le carton à dessin où est rangé son cerf-volant.

Subjuguée, Aïcha ne peut cependant rester ici. Elle referme en veillant à ne pas laisser de trace, reprend le chemin de la plage. Quelle heure peut-il bien être ? Plus de quatorze heures ! Pedro est-il encore là-haut ? Elle s'en veut de s'être attardée, qu'avait-elle besoin d'espionner la femme au cerf-volant. Aïcha marche vite, court par endroits, gravit la pente. Elle arrivera trop tard, c'est presque certain ! Elle s'arrête au belvédère, à bout de souffle. Haletante, elle a beau chercher et appeler : Pedro… Personne. Elle s'adosse à la palissade et pleure. Quelle insouciance ! Pourtant, elle est sûre que Pedro est venu ici. Elle ne sait plus quoi faire. Muriel est-elle à la boulangerie comme le lui avait dit le patron ? Aïcha se presse jusqu'à la boutique, reprend sa respiration avant d'entrer. Heureusement, les pulsations de son cœur baissent vite. Elle pousse la porte, les senteurs de pâtisserie et la voix chaude de Muriel l'enivrent : Hello, Aïcha, je vous attendais.

L'Hôtel de la Verrière

Bientôt minuit. Elle ferme et arrête son ordinateur, se déplace jusqu'à la fenêtre. Le front contre le vitrage, elle pense à ce qu'elle vient d'écrire. Devant elle s'étale un bout de Paris, une palette de mille scintillements colorés, éclaboussée par endroits de larges trous noirs. Ce matin, durant une rubrique de la matinale de France Inter, Carlina avait écouté un bref commentaire d'Anne-Laure Barral :

— Cette année, au premier novembre, bureaux et commerces devront éteindre leurs enseignes. Léa Salamé, savez-vous ce que consomme en une nuit un panneau publicitaire éclairé ?

Carlina n'avait porté qu'une attention distraite à la rubrique, mais ce soir elle imagine les taches noires s'étaler et prendre peu à peu possession de toute la lumière. Dans le silence, la ville bruisse des rumeurs qu'elle n'entend plus, effacées par l'habitude.

Sur Meetic-Femmes, sous le pseudonyme de Caro, Carlina vient d'écrire : *célibataire, 39 ans, cherche compagnie pour rencontre sans lendemain. Réside dans le 12ᵉ arrondissement,* le code d'un quartier qu'elle utilise à dessein pour désigner des quartiers où bien des Parisiens aimeraient habiter, s'ils en avaient les moyens.

Fière de son audace, elle clique sur *envoyer.* Ce genre d'annonce lui a réussi plusieurs fois. Certes, elle ne manque pas d'opportunités dans son entourage, mais que penserait sa famille, surtout sa mère ? Une catastrophe, si elle apprenait ! Comment réagiraient ses amis, ses collaborateurs ? La presse en ferait ses premières. Alors qu'elle a horreur qu'on parle d'elle, que deviendrait sa réputation ? La loi et les bonnes intentions ont beau défendre l'égalité, la laïcité, condamner la discrimination, dans la réalité…

Sur le site, Laurenne se présente comme *Marlène.* En réponse à l'annonce de Caro, elle écrit : *mariée, 48 ans, 1,69 m, 56 kg, soignée, élégante, habite la banlieue près de L'Etang-la-Ville,* en réponse au *12*^{e} annoncé par Caro. Elle hésite à valider, exaltée puis tremblante d'oser tenter l'aventure. Après un échange de messages via le site de rencontres, elles se donnent rendez-vous jeudi à midi dans le 14e à l'Hôtel de la Verrière, loin de chez elles.

Un défi que Laurenne se lance, faire un pas de côté. Mais de là à rencontrer une autre femme ! Sur la photo, Caro paraît plus jeune que ce qu'elle annonce, une belle fille au regard déterminé. Le cliché ne dévoile que son visage d'un ovale gracieux, une chevelure assez courte ébouriffée, un sourire artificiel. Laurenne aurait aimé plus et voir sa silhouette.

Elle voudrait s'échapper une fois au moins de sa propre vie bien réglée, de l'indifférence de Tristan, de sa méprisante attitude, de ses remarques venimeuses : elle n'est au fond qu'une petite prof prisonnière de ses copies, au service de ses élèves, tandis que lui... Des mois que son mari ne la regarde plus, ne la touche plus, lui tourne le dos dès qu'ils se couchent, ne remarque pas le soin qu'elle apporte à sa toilette du soir, insensible à la douceur et au parfum de sa peau. À peine cinq minutes, et il ronfle. Comment briser ce sinistre silence chaque jour plus opaque ?

Parler, elle voudrait s'exprimer, expliquer, trouver une issue à son mutisme. A-t-il oublié tous ces matins lorsqu'ils s'éveillaient dans leur nudité, l'un contre l'autre ? Il n'y a pas si longtemps. Même la lampe de chevet éclairée qu'il ne pouvait pas supporter ne le dérange plus. Certes, il n'a jamais aimé lire. Quelle tristesse ! Laurenne, elle, ne sait pas s'endormir sans sa dose de rêves. Emportée par son roman, elle parcourt les pages avec la frénésie d'une amoureuse. Amoureuse, elle aimerait l'être encore, sentir son corps frissonner sous les caresses de Tristan. Son mari s'est empâté, c'est ce qu'elle remarque de plus en plus, muscles flasques qui ont perdu leur chaleur brûlante. Le désir aujourd'hui ? Un simple devoir… malgré les invitations de Laurenne ! Mais on ne parle surtout pas de ces choses-là !

Le jeudi, c'est le jour où elle n'a pas cours. Alizée, au lycée, Tristan, parti de bonne heure pour des clients à démarcher, la maison est vide, Laurenne prend le temps de se préparer, d'abord choisir l'écharpe bleue que Caro et Laurenne sont convenues de porter pour se reconnaître. C'est sûr, Caro la remarquera de loin. Elle enfile une de ses plus belles robes, sa bleue avec la longue fermeture éclair, une occasion qu'elle a payée 15 euros, *une robe de haute couture*, d'après la vendeuse de *l'Atelier de Marianne*. Dans le miroir, elle se trouve ravissante. Elle ajuste ses collants noirs, chausse ses bottines à talons en cuir rouge, un ultime petit coup de brosse dans ses boucles et quelques gouttes de parfum. Elle est prête.

Ce matin dans son atelier parisien, après la belle semaine passée à Guéthary, Carlina essaie de revoir la silhouette de la fille noire croisée sur la plage, afin de la dessiner, son trait hésite, son esprit est ailleurs, préoccupé par le rendez-vous. Franchement, a-t-elle besoin de rencontrer cette femme mûre ? Sera-t-elle aussi jolie que sur la photo de Meetic ?

Laurenne s'est garée au lycée, a repéré son itinéraire sur Google maps : prendre le métro jusqu'à Gaîté-Joséphine Baker. De là, elle marche cinq minutes d'un pas rapide et même joyeux. Elle arrive sur place avec un bon quart d'heure d'avance, une habitude dont elle ne parvient pas à se défaire. Intimidée par la grande façade blanche, elle franchit avec timidité l'entrée surmontée d'une luxueuse marquise en toile noire. Dans la salle de restaurant, un serveur l'aborde tout de suite, costume crème, chemise blanche, cravate rouge.

— Bonjour, Madame, à votre service.

— Bonjour, j'attends une personne que je ne connais pas.

— Je vous propose une table ?
— Euh, pourquoi pas.
— Tenez, de celle-ci vous verrez bien toute la salle.

Laurenne s'entoure de son écharpe bleue, explore la salle et guette l'arrivée d'une jeune femme qui portera elle aussi une écharpe bleue. Elle surveille les clientes qui entrent, souvent accompagnées d'un homme, peu sont seules. Aucune ne ressemble à la Caro du site. Et si elle ne venait pas ? Le serveur jette des coups d'œil du côté Laurenne. Une demi-heure qu'elle poirote. Si Caro n'est pas là dans…

Caro arrive avec cinq minutes d'avance, hésite à rentrer, préfère découvrir incognito cette Marlène. Elle a fourré son écharpe dans la poche de son manteau et s'est postée au soleil sur le trottoir d'en face. C'est une belle journée de décembre, on sent déjà Noël : les odeurs de sapin et de cannelle, l'allure nonchalante des passants, les paquets qu'ils transportent, les guirlandes déjà accrochées aux fenêtres… Une belle saison pour ses affaires, la période où les vêtements se vendent le plus. Sa collection *Hiver* ne passe pas inaperçue, elle sera sans doute en couverture de *Vogue*. L'air est étonnamment tendre. Il y a beaucoup de monde qui à cette heure va déjeuner. À la recherche d'une écharpe bleue, elle observe les passantes. Le temps s'écoule sans qu'elle en ait conscience et quand elle entend le tintement d'une cloche, elle se rend compte qu'il est midi et demi. Personne encore ! Elle ne viendrait pas ? Caro se demande si elle est furieuse, déçue ou au contraire soulagée. Pourtant, elle aime l'incertitude de la rencontre et la découverte qui s'ensuit.

Pour ce jour, elle a choisi une robe simple de sa création, d'un noir cendré qui s'évase vers le bas et s'ouvre à l'avant grâce à une longue fermeture à glissière métallique qui monte jusqu'à sa poitrine. Elle est certaine de l'effet qu'elle provoquera quand elle ôtera son manteau, sûre du désir des hommes et du regard des femmes qui feront semblant de ne pas la voir.

Quelle étourdie ! C'est ça, Marlène est sûrement à l'intérieur. Caro traverse en courant, se précipite dans la grande salle du restaurant. Un serveur l'aborde avec un sourire amusé.

— Vous cherchez quelqu'un, Madame ?

— Euh, oui, une dame, la cinquantaine, elle porte une écharpe bleue.

— Je crois qu'il s'agit de la personne derrière vous.

Caro se retourne, elles sont à deux ou trois mètres l'une de l'autre. Elles se fixent quelques secondes et éclatent de rire. Dans la salle, on tourne la tête.

Caro retire son foulard bleu de sa poche et l'enroule autour du cou. Pour un peu, elles se jetteraient dans les bras l'une de l'autre. Puis elle ôte son manteau et l'accroche à un perroquet tout proche. Marlène n'en revient pas, incroyable que Caro porte cette robe, presque identique à la sienne. Des regards discrets convergent vers les deux femmes, on murmure aux tables proches. Elles s'assoient, face à face. Le faible soleil traverse la verrière et enveloppe la salle d'une chaleur réconfortante. Un peu partout, des plantes vertes donnent l'impression d'être dans une maison à la campagne. Des exhalaisons de café et de pain cuit se mêlent aux senteurs de viandes rôties.

Le serveur s'approche.

— Bonjour, Mesdames, voulez-vous déjeuner ?

— Pourquoi pas ? Qu'en pensez-vous, Marlène ?

— Oui, très bien.

— Le menu du jour, ça irait ? Pâtes à la carbonara, salade mélangée ?

— Pour moi, c'est parfait. Et pour vous, Caro ?

— Même chose, s'il vous plaît.

— Que voulez-vous boire, Mesdames ?

— Vous nous conseillez ?

— Avec les pâtes… je choisirais un gaillac blanc, assemblage de cépages *loin de l'œil et sauvignon, 2017*, il devrait bien s'associer avec la carbonara.

La conversation a du mal à démarrer.

— Écoutez, Caro, je dois vous dire, mon vrai prénom, c'est Laurenne.

— Et moi, Carlina, vous avez raison, ne compliquons pas les choses.

Elles parlent de ce bel hiver, on se croirait au printemps ; de l'endroit où elles habitent, de leur travail. Laurenne se confie un peu : elle se lève chaque matin en pensant à la belle journée qu'elle va passer. Toute petite, devant ses poupées, elle rêvait d'être maîtresse. Prof de lycée, ce serait d'une banalité épouvantable si elle n'aimait pas enseigner ; non, ce n'est pas trop difficile, les élèves sont gentils, de bonne éducation ; mais trente par classe, impossible de s'occuper de chacun d'entre eux ; elle bachote, l'établissement a des objectifs ambitieux de réussite, il doit maintenir sa réputation, coûte que coûte ; l'administration fait ce qu'elle peut…

Le serveur arrive avec la bouteille de gaillac, les sert, va chercher les plats.

Laurenne fait tourner lentement le cru dans son verre, le liquide jaune paille scintille dans la lumière. Le nez posé sur le rebord, elle hume les arômes d'orange confite et de chèvrefeuille. Elle cherche sur le palais les saveurs sucrées puis la petite acidité et la fraîcheur de l'assemblage qu'elle ne connaît pas, simplement délicieux, en accord avec la tranche de jambon cru, à peine frite, posée sur les pâtes. Est-ce l'euphorie que procure le vin ou la proximité de l'inconnue qui rend Laurenne si bavarde ? Carlina l'écoute, en élève discrète, de celles qui ne vous lâchent pas des yeux quand enfin vous écrivez les solutions de l'équation au tableau, qui pose timidement une question, vous sourit et parfois vous glisse à la sortie, *Madame, j'ai adoré votre parabole du second degré.*

Tout à coup, Laurenne se ressaisit.

— Je suis un véritable moulin à paroles, mais vous, Carlina ? Votre vie, vous pouvez me parler de votre vie. D'où vient votre accent ?

— Ah, bon, vous trouvez que j'ai un accent ?

— Oui, un quelque chose qui chante le sud.

— Vous connaissez le Pays basque et Guéthary, Laurenne ?

— Oui, j'aime beaucoup Biarritz, Saint-Jean-de-Luz, Bidart, Ciboure… J'y suis allée souvent avec mes parents, vers mes dix ans. J'étais effrayée par les grosses vagues dans lesquelles mon père m'emmenait.

— Voilà, ma famille en est originaire, nous avons une maison…

Carlina raconte avec tendresse la maison dans le village, la plage, le belvédère de Parlementia et le chemin qui grimpe dur ; la chapelle Saint-Joseph où elle aime s'arrêter, la légende des pestiférés ; les marées, la force et la fureur de l'océan ; son cerf-volant. Elle en décrit les moindres détails, comment il a été construit, les gestes de son grand-père sur la grande table de l'atelier. Si bien qu'elle serait encore capable d'en réaliser d'autres aujourd'hui. Son grand-père lui a beaucoup appris. Carlina s'interrompt, se dit qu'elle se laisse emporter, qu'elle va trop loin avec cette femme qu'elle connaît à peine. C'est facile de se confier à une inconnue qu'on ne reverra peut-être jamais !

— Laurenne, je vous ai parlé de mon grand-père, et vous ? Votre famille ?

— Mes grands-parents, je ne les ai pas connus, ou très peu.

Laurenne ne dit rien de son malaise, ne parle pas de Tristan, bien sûr.

Carlina ressent les effets du vin, Laurenne boit une gorgée, fait une mimique de plaisir, se plante dans le regard de la jeune femme. Elle pense à Lucie, sa collègue, à la fête de Noël au lycée où elles se rendront toutes les deux. Elle ressent un étrange sentiment de culpabilité d'être à cette table avec une autre, un trouble qu'elle n'arrive pas à analyser. La tête lui tourne aussi. Elles ne s'aperçoivent pas que le restaurant est presque vide, seuls restent quelques couples dispersés dans un grand silence feutré.

Laurenne aimerait raconter encore et lui dire. *Vous le savez, je suis mariée. Et vous, Carlina, vous êtes célibataire ?* Mais quelle importance si elle est en couple ou non ! *Ça ne se passe pas très bien avec mon mari, l'amour s'use, l'indifférence a pris la place. La routine, les trajets, la route trop longue.* Alors, elle parlerait de sa fille. *Heureusement, il y a ma fille, Alizée. Bientôt 15 ans, cette année en seconde. C'est incroyable, elle voudrait être mathématicienne comme son idole, Le célèbre Cédric Villani. Bon, pour les maths, je crois que j'y suis pour quelque chose. À part ça, c'est l'ado parfaite, les doigts toujours collés sur son smartphone quand elle n'est pas enfermée dans la salle de bains.* Mais elle n'en dira pas plus et, maintenant mal à l'aise de s'être trop confiée, voilà qu'elle a hâte de s'en aller, de retrouver la sécurité de l'habitude. Elle voudrait se lever, fuir, mais décidément, elle a trop bu, elle aurait dû se méfier. Elle en pleurerait si elle n'était pas devant cette jeune femme, au milieu de la grande salle du restaurant sous le regard des serveurs qui s'impatientent. *Ces deux nanas, elles ne vont pas bientôt finir de déjeuner et de parler, qu'on puisse débarrasser !*

Carlina aussi en a assez, elle tente de trouver une issue. Elle prend la main de Laurenne.

— Laurenne… si on se revoyait jeudi prochain ?

La boulangerie

Je vous attendais, Aïcha n'en revient pas d'entendre cette phrase. Quelqu'un l'attend. Les larmes lui montent aux yeux. Dans la boulangerie, Muriel… c'est sa propre mère, ses sœurs, son frère, tous ceux qu'elle n'a pas revus depuis des années, dont elle n'a plus de nouvelles, qu'elle essaie même d'effacer de sa mémoire tant il lui est douloureux de les imaginer. L'attendent-ils encore, la croient-ils morte ? Pensent-ils à elle ? Muriel, avec sa bonhomie, sa rondeur rassurante, son sourire, vient vers elle, la prend par le bras. Aïcha voudrait se serrer contre elle, mettre la tête sur son épaule, lui dire, lui dire… cette tendresse dont elle a besoin, qu'elle contient depuis si longtemps, qu'elle repousse sans cesse pour se durcir, pour survivre, fuir. Et cette femme lui offre de sa voix paisible, ce merveilleux présent, en trois mots : *je vous attendais*.

— Avec Sébastien, le patron, nous avons discuté. Vous cherchez toujours du travail, Aïcha ?

— J'aimerais tellement travailler, j'en ai besoin pour manger.

— Excusez-moi, je ne veux pas vous blesser… vous avez des papiers ? Un instant, je ferme le magasin, l'ouverture est dans un petit moment.

— Je préfère être franche, Muriel, on me les a confisqués, volés, à la frontière du Niger, je crois, avant même d'arriver en Libye. Je n'ai absolument plus rien. En Espagne, je pouvais travailler au noir, mais en France, on m'a dit que c'est très différent.

La boulangère se dirige vers la banque.

— Un petit gâteau basque et un café, ça vous plairait ?

Aïcha, ébahie, ne répond pas, n'arrive pas à remercier, n'ose pas accepter. Muriel la conduit jusqu'à la petite table, l'oblige à s'asseoir en face d'elle. Elles savourent en silence la douceur de la pâtisserie, les arômes du café, se sourient. Décidément, Muriel abuse de gâteaux aujourd'hui. Elle ne parle pas de Pedro, à quelques minutes près Aïcha aurait pu le rencontrer.

— Écoutez, Aïcha, pour l'instant, nous serons très discrets. Si vous êtes d'accord pour faire quelques travaux ici durant deux ou trois jours, vous serez nourrie et le patron vous donnera un petit salaire.

— Oh, merci !

— Ce serait un peu de nettoyage, du rangement, ça nous aiderait, Sébastien et moi.

— Vous êtes formidable, Muriel.

— J'ai une amie qui fait partie d'une association, elle aide les migrants sans papiers. Après la fermeture, on pourrait aller la voir ? Je vais tout de suite lui téléphoner.

— Je ne sais pas comment vous remercier. Depuis que je suis arrivée ici, les gens sont si gentils avec moi !

Des silhouettes s'approchent de la vitrine, des bribes de conversation leur parviennent. Muriel regarde sa montre.

— Bientôt quinze heures, c'est le moment d'ouvrir. Si vous êtes d'accord, je vous montre ce qu'il y a à faire dans le fournil. Pour l'instant, restez discrète. Tenez, ces cartons sont à déballer et à ranger sur les étagères.

Impatiente, Aïcha commence tout de suite. Tout d'abord, elle balaie, dépoussière avec soin, déballe méthodiquement, trie et plie les cartons. Puis elle range les différents produits par catégorie, étiquettes bien visibles à l'avant : gluten, levain, sel, graines diverses, tournesol, lin brun et blond… Elle lit les étiquettes. De gros sacs de farines de toutes sortes, farine blanche, petit épeautre, sarrasin… sont posés sur des palettes en bois, comme ça doit être lourd ! Si elle s'écoutait, elle chanterait, danserait… C'est fou ce qu'il y a comme recoins dans une boulangerie ! Elle éternue, sa robe rouge se macule de blanc. Parfois, Muriel passe la tête par la porte et lui fait un petit signe ou lui indique ce qu'il reste à faire, lui dit de se servir à boire, c'est dans le frigo. Elles rient, un tutoiement leur échappe. Au début, le tintement d'ouverture de la porte d'entrée de la boulangerie surprend Aïcha puis devient vite habituel. Quand il n'y a pas de clients, Muriel revient dans l'arrière-boutique pour ouvrir une grande fenêtre qui donne sur une cour afin d'évacuer la poussière.

— Tu vois, cette grosse machine, c'est le pétrin. Le four est là, un four électrique, bien sûr. Ici, ce sont la façonneuse et la diviseuse pour les pâtons, là, les moules et les outils du patron. Surtout à ne pas les déplacer d'un millimètre, sinon, Sébastien n'est pas du tout content ! Si tu veux savoir comment il fabrique le pain et les gâteaux, il faudra que tu viennes le matin très tôt.

Aïcha perd le fil du temps. Épuisée, elle s'assoit et somnole avant que Muriel ne surgisse.

— Allez, hop, on ferme ! Sébastien commence vers trois heures demain matin pour préparer ses pâtes. On ne traîne pas, on passe d'abord chez mon amie. Elle saura te conseiller, tu verras, elle est formidable.

— Mais je…

— Pas de, mais !

Avant de fermer, Muriel choisit un grand gâteau basque aux cerises noires.

Elles s'installent dans la Clio.

— N'oublie pas la ceinture, Aïcha, ce serait trop bête de se faire repérer par les gendarmes.

Muriel met le chauffage. La petite ne doit pas avoir chaud avec sa robe d'été, ses bras et ses jambes nues. Il faudra regarder dans le placard de la chambre s'il y a quelque chose de pas trop ringard et à sa taille.

— Annie, l'amie dont je t'ai parlé habite à Bidart. Elle nous attend, tu devras raconter ton histoire. Tu es d'accord ?

— J'essaierai, Muriel. Il y a les moments très durs auxquels j'évite de penser.

— Le plus urgent est de voir avec Annie comment tu pourras rester au Pays basque sans risquer de te faire arrêter.

Elles roulent en silence. Il fait bon dans l'habitacle. Muriel a chaud, Aïcha a revêtu sa petite veste et si elle osait, elle mettrait aussi ses chaussettes. Elle frissonne, pense à la nuit passée dans les toilettes de la plage. Après toutes ces épreuves, ce qui lui arrive en France, c'est cette chance qu'elle espérait, un pressentiment. Elle en a eu, des pressentiments, des espoirs, des cauchemars après son évasion de la prison de Boké, durant la traversée du Mali puis du Burkina Faso, quand son destin se perdait dans l'immense cimetière du Ténéré, désert des déserts au cœur du Niger. Elle était une des rares femmes parmi les fuyards qui tentaient coûte que coûte de rejoindre la Libye et Tripoli avec l'espoir de trouver un passeur et une embarcation miraculeuse pour l'Italie ou l'Espagne. La chance, à quel prix ? Combien ne sont jamais arrivés ?

Le ronronnement du moteur berce Aïcha. Elle se laisse aller dans une paisible torpeur, elle s'endormirait si elle fermait les yeux, sa défense contre l'angoisse. Son corps se réchauffe. Elle profite de chaque seconde. Elle ne sait pas où la conduit Muriel qui de temps à autre tourne la tête vers elle, pose sa main sur la sienne et serre légèrement.

L'éclat vert du clignotant papillonne, la voiture s'engage résolument dans l'allée d'un lotissement, ralentit et s'arrête devant une maison éclairée.

Il croit la voir, il court le plus vite possible… Il l'appelle : Aïcha !

— Oh, excusez-moi, Madame ! Je vous ai confondu avec quelqu'un d'autre, une jeune femme qui s'appelle Aïcha Bangoura, votre taille à peu près. Elle vient de Guinée Conakry…

La jeune femme rit de bon cœur.

— Non, Monsieur ! Moi, c'est Mariem Messoud, je viens de Mauritanie.

Ces noirs, femmes et hommes, invisibles pour Pedro jusqu'à maintenant, il les croise partout, sur la place du fronton, dans le quartier de la gare, du côté de l'église, des attroupements silencieux, des regards insaisissables enfermés dans leur solitude.

À la mairie où il va se renseigner, la secrétaire souriante lui répond :

— Ici, avec la gendarmerie, c'est bien le dernier endroit où viennent les clandestins, Monsieur. Ils se méfient de l'administration.

— Et où vont-ils alors ?

— Je ne sais pas. Vous pourriez vous renseigner auprès des associations qui accueillent les migrants.

— Mais une jeune fille…

— Si vous la retrouvez, vous aurez une sacrée chance. Plus de 680 policiers, gendarmes et militaires aux aguets poursuivent les clandestins. S'ils les repèrent, ils les reconduisent immédiatement à la frontière.

— Je vous laisse mon numéro de portable ?

— Oh, si vous voulez. Mais vous savez, on dit qu'au Pays basque, près de 16 000 migrants sont arrivés d'Espagne depuis que les Italiens ne veulent plus les accueillir…

Il est bientôt 18 heures. Une fois de plus, depuis trois jours, il se rend au belvédère, midi et soir. Personne encore aujourd'hui, où peut-elle bien être ?

Sur la route, il s'oblige à penser au projet d'aménagement du magasin de jouets. Il terminera ce soir, le présentera dès lundi à son client. Le ciel s'est assombri. Le vent transporte l'air chaud, agite les branches et arrache les dernières feuilles.

Chez lui, il dîne d'un reste de la veille, allume son ordinateur, travaille jusqu'à ce que la somnolence le gagne. Couché, il lit quelques pages du dernier ouvrage de Brigitte Giraud et malgré l'exaltation que lui procure la lecture, ses yeux se ferment. Le livre lui échappe des mains. Dans son rêve, il entend résonner : *vivre vite, vivre vite… Et si je ne m'étais pas arrêté au Belvédère… Et si j'étais arrivé plus tôt au rendez-vous… Et si…*

Quand Pedro s'éveille, le vent et la pluie frappent les vitrages, le jour est là, déjà neuf heures. Il sort lentement de sa torpeur. Avant de se lever, il fait ses quelques exercices habituels pour assouplir ses doigts, chantonne les airs des morceaux joués par son orchestre. Il lui faudra passer plusieurs heures sur ses partitions. Machinalement, il allume la radio : *huit heures quarante-huit, c'est le moment de la musique, Classic and Co avec vous Anna Sigalevitch. La passion selon Saint-Matthieu...* l'esprit de Pedro se remet peu à peu en route. Avec ce temps, elle doit crever de froid dans sa petite robe rouge ! N'y pense plus Pedro. Si Aïcha se souvenait de toi, elle aurait trouvé le moyen de te revoir. Elle a peut-être été interpellée, ramenée à la frontière ? Ou peut-être est-elle allée à Bayonne ?

Il range des dossiers, met sur la pile celui du magasin de jouets, donne un coup de balai dans la cuisine, se prépare une grosse salade pour midi, pense au livre d'hier soir. Il installe ses partitions sur le pupitre, règle son métronome. Les compositions d'Astor Piazzolla le détendent malgré leur difficulté. Ses doigts caressent la clarinette qui émet un son rond et feutré même sur ce ré suraigu à la fin d'*Oblivion*.

Quand Pedro lève la tête de son pupitre, il est presque 14 heures. Sa salade avalée, il ouvre la fenêtre de son petit appartement et respire l'odeur de la bruine.

Le samedi après-midi, il y a toujours foule dans Biarritz. La ville a des airs de promesses, les vitrines brillent des éclats de Noël, des chapelets de guirlandes lumineuses bleues ornent les rues et les balcons, d'un café surgit un chant basque. Pedro relève le col de son ciré, les bourrasques ébouriffent ses cheveux et pincent la peau de son visage, il aime cette sensation désagréable. De loin, il observe les quelques intrépides baigneurs qui affrontent fièrement l'eau glacée. La crique est abritée, mais quelle audace ! Lui, il n'aurait pas leur volonté. Plus à droite, il aperçoit les gerbes blanches au souffle glacé qui éclatent sur le Rocher de la Vierge. Il pense à la légende, au retour miraculeux des baleiniers prisonniers sur leur bateau. Tout lui semble minuscule devant l'immensité de l'horizon. D'où il est, il distingue les vacanciers et les Biarrots dans leur traditionnelle promenade. Il trouve souvent dans le tableau un détail insolite : des amoureux qui s'embrassent, un pêcheur qui jette sa ligne, des enfants qui se poursuivent. Il ne s'en lasse pas. Cette fois, une femme tient une fillette par la main. Toutes les deux sont enveloppées dans un ciré jaune. La petite porte un minuscule sac à dos rouge où Pedro imagine qu'elle a méticuleusement couché sa poupée en tissu ou son ours en peluche. Ses cheveux courts dépassent d'un bonnet blanc. Ses petites jambes tricotent pour suivre l'allure trop rapide de sa mère. Elles semblent se diriger vers la Vierge et s'arrêtent deux ou trois fois pour se parler ou se sourire. La maman s'incline vers l'enfant qui lève la tête, leurs mains se tiennent… Cette simple intimité fait chavirer la belle assurance de Pedro et bouscule les battements de son cœur. Curieux de les voir de plus près, il descend vers le Rocher, hâte le pas, traverse la route, s'avance vers la passerelle qui conduit sur l'aplomb au-dessus des vagues. Il les cherche des yeux, parmi les promeneurs, mais où sont-elles ? Quelques touristes prennent des photos, rient, crient à chaque gerbe qui les éclabousse. C'est au fond, appuyés contre la rambarde, serrés l'un contre l'autre qu'il retrouve les cirés jaunes. Pedro perçoit les exclamations qui traversent les grondements assourdissants de l'océan furieux. Mère et fille s'agrippent à la balustrade, tentent de serrer le col de leur imperméable, silhouettes fluettes et vulnérables dans la tourmente. Pedro aimerait les protéger de cette tempête. Il s'approche discrètement, lorsqu'elles se tournent vers lui. C'est la stupeur… Puis le sourire de Valérie.

— Dis, Maman, tu le connais, ce monsieur ?

— Oui, je le connais un peu, on travaille au même endroit.

— Comment tu t'appelles ?

— Pedro, et toi, c'est Clotilde, je crois ! Tu as quel âge ?

— Six ans, Monsieur Pedro. Dis, Maman, comment il sait mon nom ?

— Hello, Valérie, on ne s'entend pas, ici. On pourrait descendre sur la Petite Plage, on serait plus à l'abri ?

Dès qu'ils prennent l'Esplanade, la fillette se glisse entre Valérie et Pedro. Il sent sa petite main chaude prendre la sienne. En quelques minutes, ils arrivent sur le sable. Clotilde babille, un vrai moulin, des paroles qui racontent les copines de l'école et un méchant garçon qui se moque d'elle parce qu'il est amoureux et jaloux, mais elle pas du tout, elle le déteste, il est trop bête.

— Et toi, Monsieur Pedro, tu as une petite fille ?

— Non, désolé, Clotilde.

— Pourtant tu es vieux comme Maman !

— Euh…

— Est-ce que tu as une amoureuse ?

Sous les bourrasques et les rafales de vent et de sable, ils s'arrêtent parfois pour s'écouter et se serrent pour résister.

— Maman, c'est bientôt l'heure du goûter ?

— Oui, Clotilde, on va rentrer. Désolé, Pedro… À lundi.

— Dis, Maman, il voudrait pas un chocolat avec nous ?

— Merci, Clotilde, mais je dois…

Il cherche une excuse, du travail en retard, la visite d'un ami. En réalité, il n'a pas envie de rentrer chez lui, rien d'urgent à faire ce soir, terminer peut-être quelques modifications pour les aménagements du magasin de jouets, regarder un film…

— Allez, Pedro, tu es obligé d'accepter ! Si tu ne veux pas de chocolat, il y a du thé et des cookies.

— C'est moi qui les ai faits, hein, Maman ?

La nuit sera bientôt là. Sur la place Clemenceau et dans les rues commerçantes, les passants sont chargés de sacs remplis de cadeaux, il y a beaucoup de monde. Pedro pense fugacement à Noël proche, à l'arrivée de ses parents et de sa sœur dans la maison de famille. Il devra mettre le chauffage, ouvrir l'eau, dépoussiérer et encore affronter les questions :

— Toujours pas de princesse, Pedro ?

Valérie habite au premier étage d'un vieil immeuble basque aux volets verts. Un large escalier en hélice les conduit devant une porte en bois massif. Le séjour est encore éclairé par deux grandes fenêtres. Les meubles modernes de type Ikea, les coussins rouges mettent une touche de gaieté. Tout est méticuleusement rangé, étonnant avec une fillette aussi vive. En un clin d'œil, Pedro remarque tous les détails : une Bible à la couverture usée, posée bien en vue sous un long tableau, une reproduction d'Amadeo Modigliani : une mince jeune fille aux longs cheveux noirs vêtue d'une robe bleue, les mains croisées sur ses genoux. Sur sa poitrine pend une petite croix dorée.

— Alice… c'est le nom du tableau.

— Elle te ressemble un peu, Valérie.

— Ah bon ?

— Avec son côté bien sage.

Valérie sourit, son voile de tristesse au fond des yeux.

— Alice me rappelle une photographie de ma mère enfant. J'ai trouvé cette copie dans une brocante pour une bouchée de pain. Alors, Pedro, chocolat, thé vert ou thé noir ?

— Vert, c'est très bien.

Quand Valérie revient :

— Désolé, Pedro, il ne reste plus que du thé noir cannelle !

Clotilde les attend dans la cuisine. La fillette a apporté ses dessins. Ce n'est pas un ours en peluche, mais Marinette, sa poupée en tissu qu'il y avait dans le sac à dos. Les cookies sont délicieux.

— Tu les aimes, Pedro ? Tu veux que je t'apprenne à les faire ? Faut surtout pas oublier le beurre, la levure et beaucoup de chocolat !

Elle est si bavarde que les deux adultes ne peuvent que l'écouter. Pedro cherche les ressemblances entre la mère et la fille. Valérie a gardé la moue enfantine de Clotilde, le léger plissement rieur des yeux. La brume de tristesse a disparu de son regard. Au contraire, ses yeux étincellent. Pedro se rend compte qu'il ne l'a jamais vraiment observée. Oh, elle n'est pas vraiment belle, mais sa peau claire et son visage piqueté de taches de rousseur, qu'elle ne dissimule pas, sont troublants. Une bouche charnue légèrement colorée de rose ancien et des lunettes rondes trop grandes lui donnent un air d'étudiante. Clotilde s'arrête enfin de babiller pour aller voir à la télé les aventures de Colette dans *La vallée des fées*, Valérie soupire en regardant Pedro. Elle reste silencieuse, fait mine de se lever, finalement se rassoit.

— Encore un peu de thé, Pedro ?

— Je veux bien.

— Sers-toi en cookies.

— Hum, c'est bon ! C'est amusant, ta Bible. Tu lis ça, Valérie ?

— Parfois. J'aime surtout la légende de Judith. Quel courage, cette femme !

— Euh, c'est qui, Judith ?

Valérie pouffe de rire.

— Oh, rien de très intéressant !

Ils parlent des travaux dans Biarritz, de Maider Arosteguy, maire de la ville, une véritable Biarrote, depuis trois générations ! Quelle belle femme ! Pedro admire David Krakauer impressionnant avec sa clarinette, Valérie aime Francis Cabrel, surtout lorsqu' il chante *Petite Marie,* elle fredonne, il l'accompagne. La paella Valenciana au Port des Pêcheurs, la meilleure de Biarritz… Ils débarrassent la table, Pedro tente de faire la vaisselle.

— Laisse, Pedro, la machine s'en occupera.

Demain la météo prévoit force six et devant le tableau de Modigliani :

— Que penses-tu de Leïla Slimani ?

Ils parlent encore du coworking, des gens sympathiques qui occupent les bureaux, de la grande marée qui heureusement n'a pas provoqué de gros dégâts. Valérie tenterait bien le surf mais elle est trop peureuse et trop frileuse… Tout à coup, ils s'aperçoivent que la nuit est tombée, depuis longtemps. Pedro jette un coup d'œil à sa montre.

— Merci, Valérie, à lundi. Je dis bonsoir à Clotilde et je file.

Ils s'embrassent sur les joues quand surgit la fillette :

— Maman, qu'est-ce qu'on mange ce soir ?

— Pâtes-sauce-tomate, compote, ça ira ?

— Merci, Clotilde, pour tes bons gâteaux, je me suis régalé. Et merci, Valérie, pour le thé et l'accueil. On se revoit lundi ?

— Pourquoi tu dors pas ici, Pedro ? Dis, Maman, il peut rester avec nous ?

Déconcerté, Pedro balbutie qu'il adore les pâtes et la compote, mais qu'il a du travail, il doit…

— S'il te plaît, Pedro, reste un peu avec nous. Maman, tu crois qu'il fera un bon papa ?

Ensuite, ils ne comprennent pas ce qui s'est passé.

Le jour traverse les persiennes. Il sent le grain de sa peau sous sa main et entend le souffle paisible qui gonfle ses petits seins.

Elle se blottit contre lui, un petit chat dans sa fourrure qui murmure quelque chose qu'il ne comprend pas quand Clotilde surgit dans la chambre, elle a mal dormi parce que sa poupée a pleuré toute la nuit et qu'hier elle a pris froid.

Dehors, c'est un dimanche comme les autres. Contrairement aux prévisions, le vent est faible et chaud. Dans la ville, Pedro est vêtu comme la veille. Il marche lentement en équilibre sur le rebord du trottoir en sifflotant. Le ciel gris lui paraît bleu. Des voitures passent, les conducteurs ne se doutent pas pour hier soir, personne ne sait, juste Valérie, Clotilde et lui.

Ce matin, pendant que Valérie était dans la salle de bain, Pedro a écrit sur un post-it et collé en évidence sur la Bible, sous le portrait de Modigliani : *j'aime beaucoup Clotilde et le thé noir cannelle. Merci, Valérie.* Il a ébouriffé les cheveux de la fillette, elle s'est jetée contre lui.

— Pedro, tu reviendras bientôt, promis ?

Il a doucement refermé la porte.

Le beau temps

La fête de ce soir, les vacances, le prochain rendez-vous avec Carlina… Tout se bouscule dans l'esprit de Laurenne. Elle fredonne un vieil air d'Adamo qui repasse à la radio : *vous permettez, Monsieur, que j'emprunte votre fille…* Tristan ne lui prête aucune attention. Elle s'en moque. Et pourtant, elle a essayé de lui parler de la soirée du lycée :

— Tristan, tu viendrais avec moi ?

— Écoute, Laurenne, me farcir vos discussions intellos, non, merci !

— Tu exagères !

— Et Alizée, tu vas la laisser toute seule ?

Le gâteau préparé à la maison est dans le frigo de la salle des profs, dans sa petite valise sont soigneusement rangés sa trousse de toilette et de maquillage, sa robe, ses collants, ses souliers vernis, tout est prêt. Un coucou à Lucie, croisée dans un couloir, *à ce soir ?*

Super ! Un petit signe de la main, un regard qui brille, c'est simple, le bonheur.

Préoccupée par ses cours, Laurenne n'a pas pensé à Tristan, ni à Alizée ni même à Carlina.

Au gymnase, elles sont une dizaine dans les douches des élèves, côté filles. De là, elles entendent s'exclamer, parfois chanter les collègues, côté garçons. Laurenne se revoit adolescente avec ses camarades de classe, après la gymnastique, en train de chahuter, nues comme aujourd'hui. Les mêmes rires résonnent sur les faïences blanches, les mêmes enfantillages, les mêmes commérages. Laurenne se sent bien, consciente de sa silhouette à peine affectée par les années, elle envie les corps souples et fermes des jeunes collègues, autour d'elle. Mais d'autres formes plus relâchées lui laissent imaginer les altérations inexorables du temps.

Chez elle, Lucie se prépare. Quelle chance d'habiter près du lycée ! Elle se souvient des interminables déplacements du passé. Ici, elle ne pense qu'à elle : ni mari ni enfants, peu de contraintes ménagères. Elle jouit égoïstement de cette autonomie. Il n'y a pas si longtemps, elle étouffait sans en avoir conscience. À présent, son cœur palpite.

Ce soir, elle sera belle. Elle choisit une robe bien décolletée aux motifs léopard avec des volants à nœuds froncés et à longues manches évasées. Elle portera aussi un pull-boléro rouille, des collants de la même couleur. Bien sûr, des chaussures laquées à petits talons, si elle danse. Tout ça pour un prix dérisoire sur internet.

Dans le miroir, elle est heureuse du résultat : une femme mûre, élégante, séduisante même.

Déjà 19 heures, une touche de parfum, un dernier coup de brosse pour flouter ses cheveux, elle enfile son manteau et d'un pas décidé se dirige vers le lycée.

La rue sent la proximité de Noël, des milliers de diodes bleues scintillent partout, au-dessus des rues, aux fenêtres, devant les entrées des magasins. L'exubérance se voit dans la démarche alerte et joyeuse des passants, dans les conversations. Des senteurs de fête s'échappent des appartements, on hume en passant des odeurs d'oranges et de brioches. Des marchands racolent devant leur magasin : *venez, Madame, venez goûter nos huîtres, charnues, iodées, des authentiques Perles de Veules-les-Roses…* On entend aussi une fanfare quelque part dans un bistrot.

À la cantine, des tables éparpillées revêtues de nappes rouges, un grand sapin prodigalement décoré, des piles d'assiettes, des plats de toutes sortes, tout a été chamboulé. Lucie pose son *salé* bien en évidence à l'emplacement des hors-d'œuvre. Elle parcourt la salle du regard. Elle est instantanément bouleversée par les sourires, les accolades, les bises qui l'accueillent. Cette bienveillance efface la distance qu'elle avait tenté de préserver. On lui présente un plateau, elle savoure le foie gras, on lui verse un verre.

— Tu me diras ce que tu en penses.

Lucie ne se précipite pas. Elle joue pour rire un numéro devant quelques collègues. Le public est curieux de mieux la connaître, cette Lucie. Sans un mot, elle observe la couleur du vin, un jaune paille lumineux. Pour humer les arômes, elle pose le nez sur le bord du verre avant de le faire lentement tourner devant les spectateurs silencieux. Elle porte le breuvage à ses lèvres et en aspire une petite gorgée avec un drôle de gargouillement. Les yeux s'écarquillent devant la démonstration. Elle déglutit enfin et clame théâtrale :

— Vieux Sauternes !

C'est alors une volée d'applaudissements et Lucas, un collègue de géographie, la prend dans ses bras. Elle se laisse faire et s'enivre de son parfum d'homme.

En salle des profs, elle a déjà remarqué sa fine et haute stature nonchalante, son visage buriné par le soleil, un de ces gaillards que l'on rencontre dans les randonnées en montagne. Lucie ne peut s'empêcher de chercher Laurenne des yeux, où est-elle, bon sang ? Cela n'échappe pas à Lucas.

— Allo, Lucie, je suis là, moi. Tu attends quelqu'un, je paris que tu cherches ta copine Laurenne ? Ne t'inquiète pas, elle n'est pas loin. Et magnifique, tu verras.

— Ah, bon ?

— Oui, vraiment. Toutes les deux, vous risquez de remporter le concours de beauté, ce soir.

Habile, ce Lucas, Lucie ne s'attendait pas du tout à cette galanterie frontale.

— Euh, Lucas, tu n'exagères pas ? Toi au moins, tu ne fais pas de détour.

— Ce n'est pas tous les jours qu'on a un coup de foudre, Lucie.

Elle tente de ne pas tomber dans le piège, de résister alors que tout en elle voudrait rire. C'est bon d'être belle, désirable, désirée.

— Ce soir, Lucie, tu peux baisser un peu la garde ?

— Tu sais, Lucas, en vin, je n'y connais rien, j'ai juste lu l'étiquette sur la bouteille. Mais c'est délicieux, tu m'en sers encore un verre.

— À votre service, Princesse ! Et si on parlait un peu de vous ?

— Moi, Lucas ? Rien d'intéressant.

Elle sent très vite une légère ivresse, une bulle de tendresse dans laquelle la voix grave de Lucas la berce. C'est vrai, sa prévenance lui donne une émotion qu'elle n'a pas ressentie depuis bien des années. Après tout, il n'est pas si mal, ce collègue. Sois prudente, Lucie. Tu sais bien qu'il ne faut jamais faire confiance à un homme.

— Tiens, Lucie, tu vas être sauvé de mes griffes, voilà ton amie Laurenne.

Elles grignotent trop, elles boivent trop. La valse leur donne le vertige, soulève leur robe. Tout le monde est un peu grisé puis, progressivement, le calme remplace l'exubérance de la fête. On murmure, on se connaît mieux, on se confie, on le regrettera peut-être demain.

Il est deux heures du matin, il est temps de rentrer, on se fait la bise, on se reverra après les vacances.

— Bonne nuit, Lucie, on se revoit en janvier ?

— Hé, Laurenne, ce n'est pas prudent de prendre ta voiture.

— Je n'ai pas le choix, Lucie.

— Tu es pompette, viens plutôt dormir chez moi, j'habite à 10 minutes.

— Non, vraiment, merci. Mon mari ferait une de ces têtes !

— Allez, tu envoies un SMS, tu rentreras demain en fin de matinée… Ça me ferait vraiment plaisir, Laurenne.

Dehors, l'air est frais, les rues désertes, il reste des étoiles bleutées accrochées aux balcons, les volets sont fermés, quelques phares découpent parfois les deux silhouettes qui marchent bras dessus, bras dessous.

Lucie a raison, Laurenne a trop bu.

Le gâteau basque

Annie serre Muriel dans ses bras, hésite, prend la main d'Aïcha et l'entraîne dans la maison.

— Bienvenue, Aïcha.

À l'intérieur, une bouffée de chaleur les accueille. Muriel pose le gâteau sur la table du salon. Annie a déjà tout préparé : assiettes de tapas, verres basques, serviettes rouges... Elles s'installent, Muriel et Aïcha sur le canapé, Annie en face d'elles, sur une chaise.

— Un cidre, tu aimes, Aïcha ?

— Euh, c'est de l'alcool ?

— Oh, presque rien, trois degrés. Allez, ce soir, c'est permis !

Et tant pis si Dieu l'interdit !

Annie parle de la météo et du temps exécrable prévu pour demain, pour un samedi, ce n'est pas de chance. Bon, pour une fois, elle n'ira pas faire sa promenade habituelle au Rocher de la Vierge.

— Il y a trop de monde et pour être aspergée par les vagues glacées, non merci !

Immédiatement, Annie prend les choses en main.

— Muriel m'a dit qu'on t'avait volé tes papiers.

— Oui, je ne sais où, peut-être au Niger, à la frontière avec la Lybie. À part ma robe, mon sac et 200 euros, je n'ai rien.

— Par l'intermédiaire de Diakité, une association de Bayonne, dont je fais partie, nous ferons une demande à l'administration de Guinée Conakry pour les refaire. Il te faudra une adresse et un travail officiel avec des feuilles de salaire.

— C'est compliqué !

— Oui, surtout pour obtenir une autorisation de séjour en France. Ne t'inquiète pas, Aïcha, on y arrivera !

Muriel écoute et observe les deux femmes.

— Et… tu dors où depuis que tu es arrivée ?

— Euh, une autre réfugiée m'héberge…

Muriel et Annie se jettent un coup d'œil, elles ne sont pas dupes, c'est sûrement un mensonge.

Annie aimerait en savoir plus. Bon, Aïcha lui inspire confiance, mais son expérience auprès des migrants lui a appris à être méfiante. Elle décapsule la bouteille de cidre.

— Aïcha, tu peux nous raconter comment tu es arrivée au Pays basque ?

— Oh, il me faudrait la nuit entière !

Par où commencer ? Elle ne peut pas tout dire de l'enfer d'où elle vient.

Quand elle arrive en Lybie au milieu de l'année 2017, sans papiers, elle est une proie facile. Elle est vite repérée, par les trafiquants à l'affût. Arrêtée par une pseudopolice, on l'enferme dans un conteneur avec dix autres migrants, des jeunes, trois femmes et sept hommes. On la déshabille, on la palpe, on l'inspecte, malheureusement elle n'est pas vierge, on l'évalue : 350, 400 euros, environ 20 000 dinars libyens ? Un bon prix pour une esclave dans cet état. Mais ça ne suffit pas, les geôliers en veulent encore plus. Ils exigent un numéro de téléphone où joindre sa mère. Ils l'appellent afin qu'elle entende sa fille crier, supplier d'envoyer de l'argent pour mettre fin aux tortures. Ils frappent Aïcha avec des tuyaux en plastique, lui appliquent des décharges électriques. Aïcha devine la détresse et les pleurs de sa mère. Comment trouvera-t-elle cet argent alors qu'elle n'a presque rien ? Elle sera obligée de mendier auprès de la famille, des voisins. Presque impossible, elle n'y arrivera pas. Les gardiens rient et frappent encore et encore, mais juste ce qu'il faut pour la faire souffrir, mais sans trop l'abîmer.

Quand la nuit arrive, Aïcha et les deux autres femmes sont conduites dans un conteneur voisin où, sur des tas de chiffons et de couvertures sales des hommes les attendent et les violent à tour de rôle en échange de quelques dinars. Aïcha n'a pas oublié son expérience dans la prison de Conakry. Elle suit obstinément sa stratégie : se débrouiller pour installer un préservatif, ne jamais regarder les hommes dans les yeux, faire durer pour subir moins de passes, donner du plaisir, quel que soit son dégoût, prier Dieu.

Muriel écoute, subjuguée. Annie, elle, n'est pas du tout étonnée. Ces situations, de nombreux réfugiés les lui ont décrites. Peu de femmes s'en sortent, c'est encore plus difficile pour elles que pour les hommes. Aïcha est l'une de ces miraculées. Annie sait ce que ça représente pour Aïcha, elle imagine les souffrances endurées, son courage, son intelligence et sans doute les traces des sévices sur son corps et dans sa mémoire. Aïcha poursuit, sa voix devient un murmure.

Un soir, elle remarque le regard insistant de l'un des gardiens. Il la choisit, délaissant les autres femmes. Elle n'est pas surprise, elle connaît l'attirance provoquée par sa beauté. Elle sait s'y prendre, lui donner les caresses que l'homme aime. Elle le retient le plus longtemps possible puis l'attire, se donne, joue son rôle. Elle balbutie des mots français qu'il ne comprend sans doute pas. Nuit après nuit, d'autoritaire, brutal, l'homme se transforme, devient presque doux. Il paye le prix pour la garder seulement pour lui et simule parfois la violence pour ne pas se faire remarquer par les autres tortionnaires.

Quand la rançon inespérée envoyée par la mère d'Aïcha parvient aux geôliers grâce à un circuit bancaire mystérieux, qu'on lui ouvre la porte du conteneur, l'homme est là, il l'attend sous la luminosité et la chaleur accablantes. Il lui tend une bouteille d'eau et, sans un mot, la conduit vers une voiture. Aïcha craint d'être à nouveau kidnappée, emprisonnée, vendue, prostituée. Il lui fait explique que si elle reste ici, elle finira sur un marché d'esclaves pour être vendue.

Il la pousse dans la voiture.

— Tu t'appelles comment ?

— Aïcha. Et toi ?

— Malek.

Il parle très mal le français et utilise des mots arabes qu'Aïcha a appris au contact des geôliers et des prisonniers.

— À Tripoli, on s'en sortira mieux. Avec mes papiers, je négocierai avec un passeur. Ensemble, nous aurons plus de chance d'arriver en Europe.

— Et tu veux quoi en échange ?

— Tu le sais bien, Aïcha. Si on arrive à traverser, on se mariera. Moi aussi, je veux fuir ce pays.

— Et comment ?

— Il nous faudra trouver 1200 euros au minimum.

— Mais je n'ai rien.

— J'ai un peu d'argent, je vendrai la voiture et les bijoux que j'ai récupérés sur les prisonniers. Pour le reste, ne t'en fais pas, je trouverai.

Annie se lève. Une odeur de pâte cuite leur parvient accompagnée du bip bip d'un four. De la cuisine elles entendent :

— Muriel, tu peux mettre le couvert, tu connais la maison ! J'arrive.

Annie pose le plat brûlant sur la table.

— La pizza, vous aimez ?

Aïcha et Malek avaient roulé durant trois jours, en se cachant, en évitant les villes, ne s'arrêtant que pour faire le plein, acheter de quoi manger, faire provision d'eau, dormir. Malek s'occupait de tout, attentif. Elle se soumettait encore aux désirs de Malek, le prix à payer, elle n'avait pas le choix. Alors, elle mettait son préservatif.

Il avait hésité, ils iraient à Sabratha où il connaissait quelqu'un ? Mais après avoir réfléchi, il s'était décidé pour la capitale, Tripoli. Dans cette grande ville en bordure de la Méditerranée, ils passeraient plus facilement inaperçus et trouveraient un moyen pour traverser la mer. Que serait-elle devenue si elle n'avait pas rencontré Malek ? Il avait raison. La chance, elle avait eu de la chance.

Dès qu'il sut que Malek était Libyen, le passeur le salua avec crainte et accepta ce qu'il proposait, bien en dessous du tarif habituel.

Aïcha ne peut décrire tous les détails : les heures interminables d'attente en plein soleil, la chaleur, la soif, la faim, l'anxiété avant d'embarquer dans l'un des canots pneumatiques surchargés avec près de cinquante personnes.

Le passeur, bien sûr, ne faisait pas partie de voyage. Il avait choisi certains passagers pour des rôles bien définis : ceux qui porteraient les bidons d'essence, juste ce qu'il fallait pour arriver dans les eaux territoriales d'Italie, mais ça, les migrants ne le sauraient que plus tard ; d'autres se chargeraient des bidons d'eau, une quantité insuffisante pour tout le monde et les jours d'errance en pleine mer, ballottés par les vagues incessantes, jusqu'à la nausée, dans la nuit glaciale puis en plein soleil au milieu de l'immense Méditerranée ; des gardes munis de barres de bois surveilleraient les passagers.

Avant le départ, à ceux qui tiendraient le gouvernail, le passeur avait indiqué du doigt une constellation.

— Vous voyez là-haut, on dirait une petite casserole renversée. C'est la Petite Ourse et au bout du manche, cette petite étoile si brillante, c'est l'étoile Polaire. Elle indique le nord, la direction de l'Italie. Surtout, vous ne la quittez pas des yeux !

— Et s'il y a des nuages ?

— Vous avez de la chance, le ciel sera clair cette nuit.

— Et après ?

Annie découpe la pizza en trois. Les yeux d'Aïcha brillent. Sa part devant elle, elle a du mal à se retenir. Le cidre lui fait tourner la tête, une sensation inconnue, cette légère ivresse tellement agréable qui attise sa faim. Toutes les trois dévorent de bon cœur et rient aux éclats.

— Comme c'est bon, Annie.

— Contente que ça te plaise, Aïcha. Tu nous racontes la suite ?

Dans l'embarcation, un ancien pêcheur tient le gouvernail et ne quitte pas des yeux l'étoile Polaire. Les gardes sont chargés de protéger les bidons d'eau et d'essence, de contrôler les passagers, de veiller à ce qu'il n'y ait ni panique ni agressions.

Dès qu'ils s'éloignent du rivage, tous se sentent plein d'espoir. Enfin, après toutes les épreuves, les incertitudes, ils vont vers la liberté, la richesse, vers leur rêve : l'Italie, l'Espagne, la France, l'Angleterre...

Au large, Aïcha grelotte de froid. Malek marchande une couverture auprès d'un passager quand celui-ci le reconnaît, le montre de la main et se met à hurler :

— Le traître, le traître, c'est lui !

Les hommes se regroupent, se serrent autour de Malek, le saisissent, le frappent, l'écrasent. Aïcha, impuissante, est repoussée, écartée. Ceux qui sont chargés de maintenir le calme, laissent faire. Malek se débat, se relève, aussitôt renversé au fond du canot, il a le visage en sang, il boite, tente de parler, d'expliquer, mais voilà d'autres migrants, des anciens prisonniers qui se souviennent eux aussi de lui. Ils le cognent encore avec les mains, avec les pieds, avec une des barres de bois. Quatre hommes l'empoignent et le jettent à la mer. Aïcha, elle aussi voudrait expliquer, mais les cris étouffent ses paroles et personne ne l'écoute. Tout à leur colère, leur soif de vengeance, ils ne s'en prennent pas à elle, ils n'ont sans doute pas remarqué qu'elle connaissait le traître. Dans la nuit, elle cherche le corps de Malek dans la masse sombre des vagues. Elle croit entendre des cris, mais ce n'est que le ronronnement du moteur. Et où sont les deux autres canots ? Ils pourraient le sauver ! Ils ont disparu. Le bateau avance inexorablement dans la nuit. Elle ne reverra plus jamais Malek.

Muriel et Annie, suspendues aux lèvres d'Aïcha, attendent la suite, mais la tête dans ses mains, elle n'arrive plus à parler, elle étouffe ses sanglots. Qu'éprouvait-elle pour Malek ? Elle se redresse enfin.

— Je vous raconterai plus tard.

Annie l'entoure de ses bras.

— On t'aidera, Aïcha. Le plus urgent c'est que tu aies une marraine ou un parrain, quelqu'un qui te logera quelques *semaines.*

En attendant, tu resteras chez moi, quelques jours seulement. Tu pourrais prendre le relais, Muriel ?

— J'aimerais tant ! Mais mon fils et ses deux filles débarquent demain soir. Depuis qu'il a divorcé, il ne sait plus où il en est… Je ferai sans doute la nounou toute la semaine prochaine, en plus de la boulangerie !

— Toi, Aïcha, tu ne connais personne bien sûr ?

— Euh… ma copine…

— Aïcha, ça ne tient pas ton histoire de copine !

Elle pense à l'homme du belvédère, son nom déjà ?

— Euh, au belvédère, vers ta boulangerie, Muriel, j'ai discuté avec un homme…

— Un homme ?

— Oui, il m'a posé des tas de questions. Il a même proposé de m'aider. J'ai bêtement raté l'heure du rendez-vous qu'il m'avait donné.

Les deux amies n'en reviennent pas.

— Il ne t'a rien dit d'autre ?

— Si, je sais qu'il s'appelle… Pedro, oui, Pedro Ithurbide.

— Ça alors ! Pedro Ithurbide !

— Tu le connais, Muriel ?

— Incroyable. Il passe souvent à la boulangerie prendre un sandwich, parfois discuter quand il revient du surf ou d'une promenade. Il m'a même demandé si j'avais vu une jeune femme noire. Il parlait de toi, Aïcha !

— Muriel, on peut lui faire confiance à ce Pedro ?

— Oui, Annie, je pense. C'est un enfant du pays. Il habite à Biarritz. Ses parents ont une maison à Guéthary où ils se retrouvent toujours à Noël.

— En voilà une bonne nouvelle, tu peux l'appeler ?

Annie décapsule une autre bouteille, elles trinquent d'un grand *salud* à la mode espagnole. Elles dévorent le gâteau basque. La bouche pleine, Aïcha marmonne.

— J'ai aussi parlé avec une jeune femme sur la plage, très sympathique.

— Ah bon !

— Oui, une jolie fille avec un cerf-volant.

— Un cerf-volant ? Une fille avec un cerf-volant, ça me rappelle quelqu'un…

Muriel regarde sa montre.

— Oh là là, déjà 21 heures, je dois rentrer, j'ouvre la boulangerie demain matin.

— Aïcha, si tu restais ici ce soir ? On irait demain à Bayonne.

— C'est que, Annie…

— Ah, non, tu ne vas pas encore inventer une copine ! Ne fais pas de manières.

Avant de s'endormir, Aïcha respire longtemps l'odeur de lessive des draps propres. Depuis quand n'a-t-elle pas dormi dans un vrai lit ?

Après la fête

Leur voix et les talons de leurs chaussures résonnent sur les façades des immeubles et des maisons. Elles pouffent, craignent de réveiller les habitants, alors elles chuchotent comme de vieilles amies. Elles plaisantent en parlant de la fête, des bons plats, et puis… des collègues.

— Pour moi, Lucie, le prof de techno, il mérite dix, peut-être onze, pas plus, hein ?

— D'accord avec toi, Laurenne. Un peu ringard, le bonhomme. Il ne serait pas mal, habillé jeune. Tu as maté les fesses ?

— Ouais, un joli petit cul de sportif ! Et bon bricoleur, paraît-il. Tu n'as pas quelques étagères à installer ?

— Arrête, Lucie, je suis mariée moi ! Dis donc, Lucas, notre collègue d'histoire, il n'en pince pas un peu pour toi ? Je lui mettrais au moins quatorze, peut-être même quinze. Bien foutu, non ? Et marrant en plus. J'en ferais bien un petit quatre heures. Et toi ?

— Stop, Laurenne ! Pour l'instant je récupère, je profite, je respire, sans homme… Quoique…

Dans l'appartement de Lucie, Laurenne revoit son studio d'étudiante. Elle aime les meubles simples aux couleurs douces, le parfum discret de figuier qui lui rappelle les étés en famille dans la maison des vacances.

— Tu prendrais une tisane ?

— Oh non, merci, Lucie, je vais exploser ! Tu as un pyjama à me prêter ?

— Bien sûr. Pour dormir, Laurenne, au choix, un matelas pneumatique ou dans mon lit ?

— Ton lit, c'est parfait. J'espère que je ne ronflerai pas.

Elles se rejouent le rôle d'étudiantes après une fête entre filles…

— Je peux emprunter ta salle de bain et ton démaquillant ?

Lucie lui indique sa chambre. Après la douche, Laurenne n'attend pas. Elle se glisse dans les draps rêches qui sentent le coton séché au soleil. Elle devine sur l'oreiller le parfum de Lucie. Avait-elle prévu pour ce soir ?

Laurenne n'a qu'une pensée fugace pour Tristan et Alizée. Ils se débrouilleront très bien sans elle. Elle sourit en pensant à son rendez-vous avec la mystérieuse Carlina. Elle essaie de trouver une position confortable, de tenir les yeux ouverts, attrape le livre posé sur la table de nuit, fait défiler les pages sans attention, juste pour le bruissement du papier. Elle a à peine le temps d'en lire le titre : « Napoléon et De Gaulle » et s'endort d'un seul coup. Tant pis pour l'auteur, Patrice Gueniffey !

Sous la lampe de chevet, le visage paisible de Laurenne apparaît sans maquillage avec des ridules autour des yeux, ses lèvres roses, sa respiration régulière. La sérénité de son sommeil dévoile sa beauté de femme mûre. Étrange, cette amitié qui a surgi sans gêne et s'est discrètement insinuée entre elles. Lucie en ressent la fragilité et la force. Elle est prête à être attentive et patiente, à partager avec Laurenne ces petits riens et ces présents que lui offre sa nouvelle vie.

Lucie s'installe avec précaution dans le lit, retire doucement des mains de son amie le livre abandonné sur l'édredon. Elle sent la chaleur diffusée par son corps et aimerait se blottir contre elle. Elle pense brièvement à cette joyeuse soirée, à l'humour de Lucas, aux paroles de Laurenne… Elle se tourne sur le côté lorsque le sommeil l'emporte.

Sans bagages

Elles avaient repris rendez-vous ce jeudi, juste avant les vacances de Noël.

La même écharpe, la même impatience, le même chemin.

À l'Hôtel de la Verrière, presque le même repas et au dessert une crème brûlée nappée de Caramel. Elles ne disent rien, leur regard brille. Elles partagent l'addition, le serveur les remercie pour le pourboire. Laurenne regarde se lever Carlina. Quelle élégance dans sa robe noire fermée par-devant grâce à une longue fermeture éclair métallique !

Carlina l'invite en posant sa main ferme sur la sienne chaude et tremblante. Elles traversent la salle presque déserte, le goût de caramel encore dans la bouche.

Le goût de caramel… Carlina se souvient, elle a 12 ans, Clara 15.

C'était à Guéthary. Sa grand-mère avait fait un délicieux flan au caramel.

Carlina avait suivi sa cousine jusqu'à sa chambre pour tenter d'échapper à la chaleur étouffante de l'été et surtout à l'attention de ses parents. Clara avait refermé la porte à clef et lui avait expliqué *comment embrasser sur les lèvres quand on est amoureuse.* Le soleil s'infiltrait entre les lames des volets pour éclairer le visage de Clara. C'était drôle, cette langue au goût de caramel à l'intérieur de sa bouche. Carlina avait senti la lente caresse, les longs doigts de la jeune fille se glisser sous son chemisier, dans son dos, sur ses hanches, jusqu'à sa poitrine naissante. Elle croyait encore à un jeu quand sans un mot, Clara l'avait lentement déshabillée. Bien qu'elle trouvât ça étrange, elle n'osa rien dire. Puis, encouragée par sa cousine, elle avait à son tour dégrafé un à un les petits boutons métalliques de l'élégante robe de Clara, une jolie robe en toile blanche confectionnée par Grand-Père.

Elle découvrit la peau hâlée de sa cousine, ses petits seins aux pointes dures, son ventre légèrement arrondi, la touffe rousse entre ses jambes. Dans la pénombre de la chambre, elle avait respiré sa peau, l'odeur de sel et de transpiration. Sur la plage, Carlina n'avait jamais fait attention à sa cousine tant elles s'éclaboussaient dans les vagues, couraient sur le sable ou jouaient avec les cerfs-volants fabriqués par Grand-Père.

Tout à coup Carlina se retrouve à la réception de l'hôtel aux côtés de Laurenne lorsque l'hôtesse leur demande :

— Voulez-vous qu'on prenne vos valises ?

— Non, merci, sans bagage.

Laurenne se laisse guider sans pouvoir résister. Sa tête tourne. Le vin, sans doute !

Sous l'écharpe bleue qui enrubanne le cou de Carlina, elle perçoit le duvet de la nuque. La longue ligne du dos qui descend vers les hanches et s'évase sur ses cuisses et ses jambes. Devant elle, le corps ondule sur la pointe des pieds.

La clef claque dans la serrure. La chambre est tapissée de motifs roses, le pâle soleil d'hiver s'infiltre entre les lamelles des persiennes et fait éclater dans leurs yeux le désir contenu. Laurenne ne mesure pas l'audace qui l'embrase lorsqu'elle ouvre la longue fermeture éclair de la robe noire de Carlina et la fait glisser de ses épaules nues.

Bientôt Noël

Quand le jazz est, quand le jazz est là, la java s'en, la java s'en va... fredonne-t-il et il a de quoi être joyeux, mais au fond de lui, il n'est pas fier. Il s'en veut, mais comment aurait-il pu résister au charme de cette gamine ? Encore attendri par le souvenir de ses petites jambes qui tricotent sous le ciré jaune, il revoit sa frimousse, ses grands yeux étonnés, entend la voix de la fillette : *pourquoi tu ne restes pas, Pedro ? Maman, tu crois qu'il fera un bon papa ?* Et pour finir de le chambouler : *Pedro, tu reviendras bientôt, promis ?* Voilà, Pedro est dans le pétrin ! Et en plus il finit dans le lit de la maman ! D'accord, elle est mignonne, Valérie. Quelle belle nuit. Lundi au boulot, que vont-ils se dire ? Il espère qu'elle aura compris que ce n'était qu'une aventure, rien d'autre, un très bon moment, certes. Pourvu qu'elle n'insiste pas. Mais la petite Clotilde, sa fille, est terriblement attachante...

Pour rejoindre son appartement, il se réchauffe en traversant Biarritz d'un pas rapide. Il aime cette ville étagée, jalonnée de montées, de descentes, sillonnée par ses ruelles marchandes conçues pour flâner où on hésite devant la multitude de vitrines et de boutiques. Pedro aperçoit tout en bas les rues piétonnes qui longent l'immense océan. Ce qui lui ferait vraiment du bien, c'est un tour à Parlementia. Le vent s'est calmé et si ses calculs sont justes, la marée sera bientôt descendante, en se dépêchant, il pourrait profiter de deux bonnes heures avant que l'océan ne se retire. Peut-être croisera-t-il enfin Aïcha ?

À Guéthary, Pedro se gare vers le belvédère, scrute les alentours. Non, elle n'est toujours pas là. Au loin, sur le spot de surf, il y a déjà foule, il distingue la multitude des surfeurs qui attendent l'arrivée des rouleaux. Prendre deux ou trois vagues, ce ne serait pas si mal avec tout ce monde à l'affût. Sa planche sous le bras, il descend en courant les escaliers qui mènent à la plage.

Au bout de deux heures de tentatives sans succès, jamais assez rapide pour prendre la vague en premier, la concurrence est trop forte aujourd'hui, Pedro décide de rentrer. Allongé sur sa planche, frigorifié, au raz de l'eau, il gagne avec peine le rivage. Il court jusqu'aux sanitaires, tire habilement dans son dos la fermeture éclair afin d'ôter sa combinaison. L'eau glacée de la douche le fait grelotter, il prend pourtant le temps de nettoyer sa planche pleine de sable. À moitié nu, il remonte au parking. Près de sa voiture, il claque encore des dents, se débarrasse du bas de son intégrale en néoprène qui résiste et lui colle à la peau, s'habille le plus vite possible. Ouf ! Son corps se réchauffe. Il a une faim terrible. Plus de midi à sa montre, il se hâte vers la boulangerie, elle est peut-être encore ouverte.

La boutique est pleine. À l'intérieur, la tête lui tourne, si bien qu'il va s'asseoir en attendant que Muriel serve les derniers clients. Elle le regarde, inquiète, il lui répond par un petit signe qui veut dire : *tout va bien*...

Il fait chaud, les odeurs de pâtisserie et de pain cuit embaument la boutique et tenaillent son estomac. Pedro combat la somnolence qui le gagne, attend patiemment... Ce serait simple s'il n'avait pas croisé Aïcha, il ne penserait pas à elle, après tout, il pourrait être heureux avec Valérie et sa fille.

Le magasin se vide, le tintement du carillon de l'entrée, la porte qui se referme brusquement le sortent de sa torpeur.

— Hello, Muriel, quand tu pourras, donne-moi quelque chose, je crève de faim.

— J'arrive, deux minutes, Pedro, je ferme la boutique !

Bientôt une heure, il ne viendra plus personne. Elle pose sur la table deux grands bols de thé brûlants, deux grosses parts de pizzas aux légumes-jambon-fromage, deux viennoiseries, deux oranges.

— Tu tombes bien, Pedro. On déjeune ensemble ?

— D'accord, Muriel, avec plaisir.

Il croque à pleines dents dans la pizza, trempe la brioche dans le thé. Muriel l'observe avec tendresse. Décidément, elle ne sait pas résister à son penchant maternel. Elle épluche les deux oranges qui dégagent leur odeur sucrée et acidulée. Lumineuse et pétillante, elle tend le fruit à Pedro. Elle se réjouit de la surprise qu'elle va provoquer en dévoilant la soirée qu'elle a passée hier avec Annie et Aïcha.

— J'ai une nouvelle pour toi, Pedro.

— Ah bon ?

Il lève la tête de son assiette.

— Tu te souviens ? Tu m'as parlé d'une jeune femme noire.

Devant l'air étonné de Pedro, elle fait durer le plaisir, attend quelques secondes. Juste au moment où il ouvre la bouche, elle lui coupe la parole.

— Je l'ai retrouvée, ton inconnue. C'est vrai qu'elle est mignonne !

Pedro n'en revient pas.

— Tu veux savoir ?

Le récit de Muriel remplit Pedro d'une joie qu'il a de la peine à contenir. Il sent se dénouer l'anxiété qui le hante depuis plusieurs jours.

Muriel en rajoute un peu, joyeuse de cette situation où elle s'amuse de l'impatience de Pedro.

— Est-ce que tu aurais une chambre chez toi pour loger bénévolement quelqu'un pendant deux ou trois semaines ?

— Chez moi, quelqu'un ? C'est trop à l'étroit à Biarritz et comment je vais pouvoir répéter ma musique avec quelqu'un dans l'appartement,

— Bon, tant pis, Pedro, je chercherai ailleurs… et dans votre maison à Guéthary ?

— Dans la maison de Guéthary… C'est bientôt Noël et tu sais bien que toute la famille va débarquer.

Muriel sourit, lève les yeux vers le plafond, écarte les bras, fait une mimique.

— Bon, tant pis, je me débrouillerai toute seule.

— Attends, Muriel, ce quelqu'un, tu ne veux pas dire que c'est… cette fille, Aïcha Bangoura !

— Bravo, Pedro !

— Oh là là, Muriel ! Mais comment je vais expliquer ça à mes parents et à ma sœur ?

Noël à Paris ?

Passer Noël seule dans son appartement ? Lucie attend, espère, elle ne sait quoi : un signe de ses enfants, de sa mère ou de son amie, Laurenne. Elle ouvre sa messagerie plusieurs fois par jour, guette la sonnerie de son téléphone, va jusqu'à surveiller sa boîte aux lettres.

Finalement, un bref mail arrive le 23 décembre : *et si nous passions le jour de Noël à la maison avec les enfants ? J'inviterai aussi ta mère. Qu'en penses-tu ? Jérôme.*

Lucie ne peut éviter d'être émue par la délicatesse de son ex-mari. Elle répond immédiatement : *si tu savais comme je suis contente. J'apporterai une bûche parisienne !*

Après tout, ils ne sont pas fâchés. Sa mère et ses garçons lui manquent énormément. Arthur et Ludovic ne sont pas très prodigues en nouvelles, on dit que les jeunes sont comme ça, que c'est normal, un message de temps en temps : *petite Maman chérie, j'espère que tu vas bien* ou, *comment ça se passe dans ton nouveau lycée ?* Ils n'ont rien compris au divorce de leurs parents, mais ils ne semblent pas leur en vouloir. Ça aussi, c'est normal… à notre époque !

Martine, la mère de Lucie, acceptera sans aucun doute l'invitation de son gendre, le gendre idéal, ils se sont toujours bien entendus.

Lucie ne pensait pas être aussi impatiente de revoir Jérôme. Elle perd tout à coup sa belle assurance. Elle commandera la bûche dans la pâtisserie que ses collègues lui ont recommandée, chez Léa et Gilles, rue d'Alésia. Pour les cadeaux, c'est plus compliqué, elle n'a que trois jours pour les choisir.

La sonnerie de son portable interrompt ses pensées : *hello, Lucie, où es-tu pendant les fêtes ? J'espère que tu passeras un joyeux Noël. Alizée est très gentille avec moi. Tristan fait de son mieux pour accueillir ses parents. Je suis heureuse. Pour le jour de l'an, qu'est-ce que tu projettes ? Pas trop pressée de retrouver le lycée ? Moi si ! Bises. Laurenne.*

Lucie répondra plus tard, il faut d'abord qu'elle achète la bûche et les cadeaux.

À chaque pas vers l'entrée de son ancienne maison, les souvenirs surgissent. Lucie a un pincement au cœur. Rien n'a changé : les ornières du chemin, l'odeur acide des feuilles fermentées, la porte en bois qui grince. À l'intérieur, elle sent la chaleur du poêle et écoute les petites explosions du châtaignier qui brûle et éclaire le salon de sa flamme orangée. Soudain, ce sont les embrassades, ses enfants, sa mère, larmes aux paupières. Jérôme, discret, un peu en retrait, attend pour la serrer dans ses bras. Quelle drôle de sensation, le contact de ce corps chaud et robuste qu'elle ne désire plus ! Lucie en est certaine. Aujourd'hui, elle ne regrette ni la quiétude ni le confort rustique du passé, il ne lui reste qu'une inconfortable mélancolie.

On l'assaille de questions, on s'inquiète de sa santé, alors qu'elle est en pleine forme et aimerait savoir, elle aussi, comment se passe leur vie, sans elle, s'ils sont tous aussi heureux qu'elle.

Ses garçons sont impatients :

— Toi d'abord, Maman, raconte-nous Paris.

Oh, Paris c'est une autre exubérance, tellement différente de la campagne ! Elle se sent de plus en plus à l'aise dans cette grande ville. Oui, bien installée, elle espère qu'ils viendront la voir. C'est petit, mais on se serrera. Vraiment, ça lui ferait plaisir si Jérôme passait aussi. Le lycée ? Les élèves ? Oh, il n'y a pas de grandes différences par rapport à ce qu'elle a connu ici...

Jérôme a commandé le repas chez un traiteur, la cuisine n'a jamais été sa passion. Il a choisi les agapes traditionnelles qu'il sait que tous aiment. Les enfants ont toujours leur grand appétit d'adolescents. L'apéritif et le vin rendent la conversation, joyeuse et animée.

Martine, sa mère, ne manque pas encore une fois de féliciter Jérôme qui fait si bien les choses. Lucie décrypte les reproches, ce que dit sa mère à demi-mot. Tout souriait à sa fille, surtout un mari parfait et des enfants merveilleux, une maison magnifique, un poste au lycée à 30 kilomètres de chez elle. Qu'est-ce qui lui a donc pris, qu'espérait-elle de plus ? Jérôme, mal à l'aise, détourne habilement la conversation, parle des délicieuses confitures mijotées par Martine, de cet hiver doux, de l'inflation… Il propose à Lucie de rester la nuit, mais une vibration presque imperceptible dans sa voix lui laisse penser que cette proposition est seulement polie. Merci, Jérôme, elle ira chez sa mère qui habite à côté d'ici et se fera dorloter.

Ils ont bien sûr parlé des études d'Arthur, du travail passionnant de Ludovic. Toujours pas de petites amies, les enfants ? Jérôme, lui, a raconté le bricolage et l'entretien de la maison… Lucie a décrit le parc Montsouris, les musées. Ah, les incontournables Louvre, Orangerie, Rodin ! Les collègues du lycée et Laurenne, une presque amie. Excusez-moi, j'ai besoin d'aller aux toilettes. Dans la salle de bain, des détails anodins la font sourire :

deux brosses à dents dans le même verre, un parfum sucré qui persiste, un long cheveu sur le rebord de la fenêtre.

Elle ne peut s'empêcher de jeter un coup d'œil sur son téléphone dont elle avait coupé la sonnerie. Un SMS de Lucas, son collègue, mais comment a-t-il trouvé son numéro ? Oh, il l'a peut-être demandé à Laurenne, tout simplement ! Elle hésite à ouvrir le message, qu'est-ce qu'il lui veut ? Elle le lira demain ou ce soir après le repas. Elle reste une minute immobile, encore indécise. Non, la curiosité est trop forte : *hello, Lucie, Joyeux Noël. Le 31, tu ne serais pas libre ? La soirée de la Saint-Sylvestre et un ou deux jours chez des amis à la campagne du côté d'Auvers-sur-Oise, ça te dirait ?* Elle réfléchit quelques secondes, surtout ne pas se précipiter… Oui ? Non ? En réalité elle a très envie d'accepter, de revoir le grand gaillard. Elle écrit finalement : *merci, Lucas. Pourquoi pas ? Tiens-moi au courant.*

Noël avant la rentrée

Laurenne ne comprend pas, surprise par ce changement d'attitude, d'ailleurs Alizée s'en rend compte aussi.

— Papa, c'est très sympa quand t'es cool.

À Noël, Tristan a fait des efforts. Il est allé jusqu'à offrir à sa femme un collier en argent et un gros bouquet des fleurs qu'elle aime. Ils ont même fait l'amour correctement, sans la brusquerie habituelle. C'était délicieux… Des mois que cela n'était pas arrivé. Il a été aimable et prévenant avec les invités et charmant avec ses parents.

Depuis, il est de bonne humeur, satisfait, presque fier. Est-il vraiment sincère et affectueux ? Laurenne n'en est pas sûre. Il y a des indices qui ne trompent pas : ses absences de plusieurs jours, et dans sa valise qu'elle a inspectée en cachette : nouveaux vêtements, nouvel après-rasage. Il s'éclipse rapidement lorsqu'il reçoit un appel ou un SMS. Quelle naïveté ! Après le départ des parents de son mari, Laurenne a mené son enquête. Il a suffi qu'elle lise la messagerie de Tristan. Il n'a même pas changé son mot de passe. Des histoires d'une banalité désolante. Des poupées de magazines formatées pour quinquagénaires aisés, 35, 40 ans, sensuelles, elles se nomment Nathalie, Catherine, Laurence. Il prend sa femme pour une imbécile ! Elle est soulagée de ne pas se sentir jalouse, mais plutôt désabusée, surprise d'en être arrivée à ce stade. Comment deux êtres qui se sont aimés, ont partagé la plus grande intimité peuvent-ils devenir si indifférents l'un pour l'autre. Laurenne aimerait-elle toujours son mari s'il avait été plus attentif et fidèle ? Elle voudrait comprendre, trouver qu'elle est sa propre part dans ce détachement. Est-ce seulement le processus obligatoire que le temps et l'habitude imposent aux couples. D'autres seraient en rage, demanderaient le divorce. Mais Laurenne pense à Alizée qui a encore besoin de ses parents. Et puis quitter le confort de cette belle maison, vivre avec son seul salaire, réorganiser complètement sa vie ? Laurenne n'est pas aussi courageuse que Lucie. Elle laissera passer le temps, le temps qu'il faudra. Elle s'accommodera de cette situation. Tristan restera dans l'illusion de ses tromperies.

Le portable de Laurenne interrompt ses réflexions : *toujours d'accord pour jeudi début janvier ?* Elle répond immédiatement : *bien sûr, Carlina, j'ai hâte de te retrouver.* Son portable toujours à la main, elle espère encore un petit mot. Mais rien. Elle est prête à le ranger quand il vibre de nouveau : *hello, Laurenne, mercredi, le jour de la rentrée, ça te dirait de dormir à la maison ? J'ai plein de choses à te raconter. Lucie.* Laurenne rit. Tristan et Alizée se retournent.

Elle répond :

— *Super ! Merci, Lucie. J'accepte avec plaisir. Moi aussi, j'ai des secrets pour toi !*

En famille

Chez les Ithurbide, on passe Noël en famille, à Guéthary. C'est ainsi depuis des générations ! D'habitude, quand les parents de Pedro, Agnès et Enrique, Amaranta, sa sœur et ses deux filles arrivent, la maison est chaude. Pedro s'occupe du chauffage, mais une journée est nécessaire pour nettoyer la poussière et les toiles d'araignées accumulées durant des semaines. Ce Noël, Pedro a encore prévenu par un bref message : *nous aurons une invitée cette année…* Agnès et Enrique, son mari, se sont regardés. *Espérons qu'elle restera plus longtemps que celle de l'an passé*, ont-ils conclu en riant. Mais une sacrée surprise les attendait. L'invitée ?

Une jeune femme à la peau très noire les accueille.

Dès l'entrée, une odeur de fraîcheur les rassure. Et quelle surprise, tout est reluisant, de la cuisine aux toilettes. Il y a même un bouquet de fleurs et une nappe sur la table du salon, le frigo est plein, jusqu'aux draps qui sentent la lessive. Enrique a tout de suite pensé à cette chanson de Bénabar ; *y'a des détails qui trompent pas, j'crois qu'y a une fille qu'habite chez moi !*

Pedro a vraiment changé !

Enrique a installé le traditionnel sapin dans le séjour, sous la fenêtre de toit. Le vert sombre scintille de paillettes dorées.

— Un sapin aussi grand, Enrique, c'est exagéré au Pays basque.

Les fillettes rient et frappent dans leurs mains.

— Bravo, Papy !

— Allons, Agnès, c'est beau, non ? Respire cette bonne odeur de résine, on se croirait dans une forêt des Alpes. N'est-ce pas, Aïcha ?

Enrique écarte les bras, incline la tête, mime un air espiègle, cherche l'approbation de la jeune femme. Elle sourit, sans prendre parti. Son corps noir rayonne dans une robe de dentelle blanche, un cadeau de Pedro qu'elle est allée choisir dans une boutique de Biarritz.

De la cuisine parviennent des effluves de viande rôtie et de brioche. Amaranta picore dans le plateau apéritif, ce qu'elle peut être gourmande ! Elle tente d'aider sa mère et la pousse vers le salon.

— Allez, Maman, viens avec nous !

Agnès ôte son tablier et surgit alors une radieuse grand-mère dans une robe fleurie. Aïcha retrouve dans ses yeux le même éclat, la même attention que ceux de Pedro. Ici, dans cette maison, elle a enfin osé affronter sans aucune crainte le regard des hommes. Elle pense à sa mère, à son pays, la Guinée où on fête aussi Noël, même si on est musulman. Ce jour-là, on n'écoute pas Mahomet. Comme ici, toute la famille se retrouve, même s'il fait 35 degrés et que le sapin artificiel est chinois.

— Avec Maman, nous avons invité nos voisins, Joana et Raphaël Agazuar. Peut-être que leur fille, Carlina, les accompagnera.

Aïcha sursaute en entendant ce prénom.

— Son frère, Esteban, est en mission à Toronto, dommage.

— Cet automne, Papa, je crois que j'ai vu Carlina sur la plage, encore avec son cerf-volant.

— Ah, Pedro ! Souviens-toi, tu en rêvais, des cerfs-volants de Carlos Agazuar. Et moi qui suis un piètre bricoleur, je ne pouvais pas t'aider à en construire un. Comme je le regrette !

Agnès ajoute que Carlina a pris la suite de son grand-père et que c'est aujourd'hui une styliste de mode réputée.

Les filles d'Amaranta courent dans la maison, s'accrochent à Enrique.

— Papy, viens jouer avec nous, tu seras le père Noël et nous…

Amaranta essaie de les calmer, difficile sans l'autorité d'un père.

— Papy, cette année, on pourra attendre le père Noël ?

— Les filles, vous savez bien qu'il ne passe que si les enfants dorment.

La table est resplendissante. Au salon, les amuse-gueules sont prêts. Enrique a mis le champagne au frais. Il est presque 20 heures quand le carillon de l'entrée retentit. Aïcha retient son souffle.

Agnès se précipite, suivie de près par son mari. Ils ouvrent les bras, enlacent leurs amis avec tendresse.

— Comment vas-tu, Joana ?

— En pleine forme, comme une jeune retraitée !

— Et toi, Raphaël ?

— Quand je suis à Guéthary, je revis.

— Carlina n'est pas avec vous ?

— Elle arrive, elle arrive…

Amaranta et Pedro, serrent Aïcha par la taille, se rapprochent des Agazuar. Nouvelles embrassades.

Agnès prend l'initiative des présentations.

— Aïcha, l'amie de Pedro. Nos petites filles, Anna et Julia.

— Nous, c'est Joana et Raphaël et tiens, voilà Carlina, notre fille.

Aïcha et Carlina se fixent avec une telle intensité que tous les regards se tournent vers elles. Elles s'approchent l'une de l'autre, hésitent, se font la bise.

— Heureuse de vous revoir, Carlina.

— Moi aussi, Aïcha.

— Vous vous connaissez ?

— Nous allons vous raconter, d'accord, Aïcha ?

— Allez, mettez-vous à l'aise. Tu t'occupes des manteaux, Pedro ? Je vais chercher le champagne.

Carlina donne sa veste à Pedro, elle apparaît alors dans une robe bleu nuit en satin, qu'elle a sans doute créée et qui épouse son corps splendide. En une seconde, Aïcha revoit la rondeur de ses épaules, ses petits seins tendus sous l'étoffe, le léger arrondi de ses hanches, la ligne souple de ses jambes. Quel contraste avec la jeune femme aux vêtements usés qu'elle avait vu jouer avec son cerf-volant. Cette indiscrétion la gêne maintenant.

Enrique sert le champagne, Amaranta fait passer les plateaux de gourmandises, on trinque. Même Aïcha vide son verre. Agnès trinque avec elle.

— Aïcha, racontez-nous comment vous connaissez Carlina !

— Nous nous sommes rencontrées sur la plage de Guéthary, cet automne.

— Oui, une rencontre étonnante, poursuit Carlina. On peut se tutoyer, Aïcha ?

Le champagne commence à faire tourner les têtes. Tout le monde rit. Les fillettes qui ne comprennent rien rient aussi.

Chez les Fuertes, on mange, et quand on mange, on évoque les recettes, le pain et les pâtisseries du Moulin de Bassilour où on achète toujours la bûche glacée aux marrons. Le délicieux jambon d'Espelette, on le prend à l'épicerie Arostéguy…

Heureusement pour le retour, les Agazuar habitent à côté.

On parle beaucoup, on évoque les souvenirs d'enfance, l'océan, les tempêtes, la ville, la vie aussi et les années qui passent. Les anciens se sont regroupés en bout de table, les jeunes aussi, mais de l'autre côté ! Les petites filles sont couchées depuis longtemps et rêvent des paquets mystérieux et colorés qu'elles trouveront au pied du sapin.

En compagnie de Pedro et d'Amaranta, Carlina et Aïcha discutent comme avec de vieux amis. Carlina reste discrète sur son travail malgré la curiosité de Pedro, puis se tourne vers Aïcha :

— Il faut que je te dise… après notre rencontre, j'ai fait plusieurs dessins en te prenant pour modèle.

— Des dessins de moi ?

— Oui, des robes, des jupes, des manteaux, des chemisiers. Demain, si tu as un moment, Aïcha, je te les montrerai.

Amaranta et Pedro échangent un coup d'œil.

— On vous laisse discuter toutes les deux, on rejoint les anciens.

Carlina se sent plus à l'aise et Aïcha aussi.

— Tu accepterais de me servir de modèle ?

— Pour être mannequin ?

— Non, pas du tout ! Mannequin, c'est un métier différent qui demande beaucoup d'expérience. Mais si tu es d'accord, Aïcha, tu pourrais m'aider à créer de nouveaux vêtements. Je prendrais des photos, des mesures de toi, je ferais des esquisses… Bien sûr, tu serais rémunérée pour ce travail.

Merci à celles et à ceux qui, sans le savoir, ont inspiré et accompagné ce roman.

Merci à ceux qui m'ont confié leurs témoignages afin de créer cette fiction qui s'écarte parfois de la réalité, j'espère qu'ils ne m'en tiendront pas rigueur

Merci à mes amies Mireille Gouttenoire, Hélène Maillan, Cathie Beauvais et à mon ami Guy Viard Crétat, qui m'accompagnent depuis tant d'années avec bienveillance et fermeté, qui ont lu et relu ces chapitres, débusqué les erreurs, m'ont donné leurs conseils et l'audace d'écrire ce roman.

Merci à Mireille Audibert pour ses très perspicaces corrections, ses propositions, sa précieuse et sympathique collaboration.

Merci à Ghislaine Corrado – Nicod qui a donné vie à un des personnages de l'histoire grâce à son magnifique dessin original pour la couverture de ce livre.

Coordonnées de l'auteur, écrivez-moi :
michelrobertfernandez@hotmail.fr

Printed by Amazon Italia Logistica S.r.l.
Torrazza Piemonte (TO), Italy

65496110R00143